안젤라

안젤라

안이희옥 연작소설

이 책은 실로 꿰매어 제본하는 정통적인 사철 방식으로 만들어졌습니다.
사철 방식으로 제본된 책은 오랫동안 보관해도 손상되지 않습니다.

차례

나선형 회전 거울

1. 기억의 문

아침 햇빛은 왜 저녁 햇살보다 짧고 투명하고 날렵한 걸까요? 오늘 하루도 까치가 지저귀는 소리와 함께 아침이 밝았습니다. 매일 반가운 손님이 오실 리 없는데 까치는 매번 새로운 하루를 물어 오네요. 한파 주의보가 좀처럼 풀리지 않고 있습니다. 하늘은 무섭도록 푸르고 싸늘합니다. 눈이 채 녹지 않은 풍경은 청아한 음악이 흐르는 성탄절 무대 같습니다.

결국은 30년 직장 생활 끝에 장만했던 소형 아파트를 팔아야 했어요. 퇴직한 후 제대로 된 수입 없이 살았지요. 물가 상승에 따라 지출은 더 늘어났고요. 집 장만을 어렵게 했던 만큼 집에 대한 애착이 강했던 저는, 은행 대출을 받으며 버티다가 이러다 압류되거나 경매에 넘어가겠다 위기의식을 느껴서 서둘러 집을 팔았지요.

겨울철인데도 금방 팔려서 은행 빚을 싹 갚아 버린 후 옆 동네로 세를 얻어 가게 됐어요.

말을 쉽게 해서 그렇지 이사할 일이 까마득해요. 특히 버릴 수도 없는 책 3천여 권이 제 인생의 무게를 보여 주듯이 엄청나게 무거워요.

인생의 무게라……. 저도 벌써 아버님이 퇴직하신 나이가 됐어요. 1916년 일제 강점기 치하에서 태어나 1981년 5·18 민주화 운동 이듬해에 돌아가신 아버님. 피식민지와 6·25 전쟁을 겪었던 아버님이 다시 5·18 학살을 겪으면서 역사는 나아지지 않는다고 얼마나 절망하셨을까요? 더구나 아버님은 아내와 딸 다섯, 외동아들을 거느린 가장이었으니 독신의 홀가분한 저보다 훨씬 인생이 무겁게 느껴지셨을 거예요.

날씨가 너무 추워 집에만 있었더니 몸이 찌뿌둥하네요. 노년에 접어들면서 아침이면 축축 처지고 일어나기가 힘들어요. 몸이 재빠르게 움직여지지 않아서 씻기도 버거워요. 둔하고 느린 노인 특유의 동작이 저에게도 나타나기 시작했어요. 하지만 아버님이 돌아가신 나이는 무사히 넘길 것 같아요. 당장 죽을 듯이 아파도 금세 죽지 않는 것이 당뇨병이거든요.

잠깐, 거울 속의 저 좀 보세요. 아버님과 똑 닮았지요? 오랜만에 고향에 갔더니 동네 어르신들이 〈서울 아재 딸이 왔구나〉 하시더라고요. 어찌 아시느냐 했더니 〈야야, 니는 주민증도 필요 없다. 딱 서울 아재 복사판이라. 우찌 그리 빼닮았노?〉 하면서 다 같이 웃으셨어요. 그래도 저는 로션 정도는 바르고 다니는데……. 얼굴을 매만지며 거울을 보던 저는 느릿느릿 거울 속으로 들어갑니다.

어휴, 축축한 안개가 자욱하게 끼었어요. 몹시 춥네요. 그런데 여기가 어디죠? 시야가 뿌예서 잘 보이지 않아요. 이런, 지금은 잃어버린 고향 집 대문으로 들어서고 있네요. 사랑채에 아직 젊은 할아버님이 앓아누워 계셔요. 고모님 세 분은 어려서 출가 전이고, 아버님은 이제 세 살밖에 안 된 외동아들이에요. 식구들이 모두 모여 있어요. 할아버님 임종인가 봐요.

「내가 일찍이 처복이 모자라…….」

할아버님이 간신히 숨을 몰아쉬며 말씀을 이어 가고 있어요.

「첫째 부인은 약혼만 하고 돌아가셔서 헛결혼이었

고, 너희들 친모는 막내로 아들을 보고는 산후조리가 잘못되어 돌아가셨지. 당신은 신행 와서 얼마 안 돼 내가 죽게 되었으니 이 어찌 황망하지 않겠소? 미안하오, 부인. 아이들을 부탁할 사람이 당신밖에 없구려. 정말 염치가 없소. 나라는 빼앗긴 채 어린 자식들과 신혼의 아내를 두고 떠나야 한다니…….」

할아버님은 눈을 감지 못하고 운명하셨어요. 아버님이 지닌 최초의 기억은 바로 죽음, 할아버님의 안타깝고 서러운 임종이었어요.

빙벽 사이에 갇힌 것처럼 냉기가 돌아요. 몸을 움직여야 할 것 같아요. 저는 걷기 시작했어요. 여기가 어딘가요? 아, 읍내의 초등학교에 가는 길이네요. 꽤 멀지요, 20리도 넘을 거예요. 아이들이 걸어 다니기에는 먼 거리예요. 저런, 누가 걸어오고 있어요. 열 살쯤 되어 보이는 사내아이예요. 다부지게 생겼네요. 목화솜으로 누빈 한복을 입고 책보를 메고 있어요. 다 갖추어 입었건만 이상하게도 짚신에 맨발이네요. 발이 빨갛게 얼었어요. 불쌍해라. 저는 조심스레 다가가서 제 양말을 벗어 주었어요.

「괜찮습니다.」

아이가 경상도 억양이지만 교과서처럼 또렷한 표준말로 대답했어요.

「저는 지금 벌을 받는 중이라 양말을 신으면 안 됩니다.」

제가 무슨 벌을 받고 있느냐고 물었어요.

「양반집 외동아들이라고 건방지게 굴고 친구나 선배들에게도 하대했다고 어머님이 회초리로 종아리를 때리셨습니다. 그리고 어려운 사람들 형편을 직접 겪어보라고 하루 동안 양말을 신지 않고 학교에 다녀오라고 하셨습니다. 지금 양말을 신으면 오늘 하루 벌을 받고 반성한 게 다 허사가 됩니다. 미안합니다.」

아이는 냅다 뛰기 시작했습니다. 양말을 건넨 제가 미안하고 머쓱할 지경이었어요. 한참 뛰던 아이가 마을 입구에 도착하는 것을 보고서야 저도 걷기 시작했어요. 저 아이를 보니 아버님이 고향에 있던 땅을 기증하여 초등학교를 짓도록 하신 것을 비로소 이해할 수 있었습니다. 읍내까지 너무 머니까 동네 안에 초등학교 분교를 지은 것이지요. 걷다 보니 그 분교에 도착했습니다. 한동안 폐교가 되어 남아 있던 그곳은 이제 향토 문화원으로 바뀌어 군에서 관리하고 있다 했습니다. 아무리 자손이 못산다 해도 일단 국가에 기증한 땅은 돌려받을 수 없다고 하네요. 운동장 한구석에 기증자의 비석이 단출하게 남아 있습니다. 아버님, 잘하셨어요. 저희는 고향 집, 서울 집, 땅이 모두 압류되고 40년 넘게 고생 중이지만 덕분에 인생이 무엇인지 어렴풋이 깨달아 가니까요. 후손들에게 물려줄 가장 큰 유산은 늘 변하는 물질이 아니라 변치 않는 정신이라던 말씀, 명심하겠습니다.

저는 지금 고개 모퉁이를 걷고 있어요. 고향을 떠나 서울에서 고등학교에 다니던 아버님은 〈모친 위급〉이라는 전보를 받고 지프를 빌려 집으로 왔어요. 할머님은 결핵으로 위독한 상태였죠. 어머니, 왜 미리 말씀하지 않으셨나요? 아버님이 울부짖었어요. 할머님은 대답도 못 하고 피만 토했어요. 아버님은 황급히 할머님을 안은 채 지프에 올라탔어요. 큰 병원으로 모시고 갈 생각이었지요. 지프가 덜컹거리며 험한 고개를 넘어가고 있었어요.

할머님은 아버님 품에 안긴 채 피를 한 말이나 토하

고 운명하셨어요. 간신히 남긴 마지막 유언은 〈조실부모하고 계모 밑에서 자란 아이라고 얕보이면 안 된다. 늘 올바르게 살아 내야 해. 그래야 내가 산다〉였답니다. 피에 젖은 교복을 상복으로 바꾸어 입고 장례를 치르신 나이가 겨우 열일곱이었어요. 고모님들은 다 출가하여 본가에는 자주 못 왔어요. 혈혈단신으로 아버님 혼자 남았지만 그 당시는 씨족 공동체가 살아 있던 시절이라 일가친척은 많았어요. 외로운 처지라 해도 집성촌인지라 일가친척들에게 둘러싸여 사셨지요. 고마운 일이에요.

숨이 막힐 지경으로 짙은 안개네요. 안 되겠어요, 다시 마을로 돌아가야지. 이 안개 속을 헤매다 길을 잃으면 어떡해요? 마을 선산을 등진 채 오른쪽 날개에는 임진왜란 때 의병이었다는 선대 어르신의 생가가 있어요. 왼쪽 날개에는 일제 강점기 때 독립군이었다는 친척 어르신의 생가가 있고요. 아휴, 안 되겠어요. 이 안개 속을 빠져나가야지. 다음에 또 뵈어요, 아버님.

2. 거리에서

저는 재판이 두 개 걸려 있어요. 하나는 원고 입장에서 국가를 상대로 손해 배상을 청구하는 민사 소송이에요. 1979년 긴급 조치 9호 위반 혐의로 연행되어 모처에서 고문을 받은 후유증으로 오래 고생했거든요. 이 재판은 무척 복잡해요. 국민의 정부와 참여 정부 때 유신 헌법이 위헌 판결을 받아서 억울한 옥살이를 했던 형사 재판 피해자들은 일단 승소했어요. 그런데 박근혜 정권이 집권하면서 유신 헌법은 정당했다고 판결을 뒤집어 버린 거예요. 그래서 유신 헌법은 위헌이라는 헌법 재판을 하고 있어요.

그 와중에 대대적인 노동자 대투쟁, 농민 대투쟁, 시민 촛불 항쟁이 연달아 일어났어요. 세월호 침몰이라는 안타까운 사고로 인해 시민들이 분노했거든요. 대대적인 시위로 위기를 느낀 정권은 제가 후원하던 정당을 교묘한 방법으로 강제 해산했어요. 이 과정에서 저는 후원 회원이어서 재판에 물렸어요. 매달 5천 원씩 자동 이체를 해놨는데 그게 문제가 됐어요. 저는 마이너스 통장을 쓸 때도 각종 후원금은 냈거든요. 진보 세력뿐 아니라 보수라도 양심적인 단체라면 소액을 냈지요. 신경질이 나서 국가를 상대로 명예 훼손이라고 집단 소송을 걸었어요.

재판은 복잡한 모양이던데 저는 워낙 시선을 끌 만한 인물이 아니니까요. 그냥 묻어서 재판받는 거예요. 그러고 보니 몇 년 전에도 혼자서 산꼭대기의 으리으리한 호텔까지 기어 올라가 한미 FTA 반대 단식 농성장에 가지 않았냐고요? 그거 어떻게 아셨어요? 아무도 몰랐는데……. 경찰이 쫙 깔려서 단식 중인 사람들을 둘러싸고 있었어요. 그런데 저 같은 할머니는 단속할 생각도 안 하더라고요. 그래서 경계망을 뚫고 농성장에 가서 밤새 죽 끓인 거 놓고 왔죠.

그게 뭐가 잘못이죠? 굶지 말고 힘내서 싸우라고 응원하러 간 건데. 입을 뻥끗하면 즉각 잡아갈 기세였어요. 죽은 꺼내자마자 경찰들에게 압수당했고요. 저는 잡혀갈 생각까지는 없어서 몇 마디 못 하고 어기적어기적 내려왔어요. 그래도 그때까지는 건강이 괜찮아서 일주일에 한두 번 집회에 참석했는데, 촛불 항쟁 때는 폐렴을 앓다 보니 별로 못 나갔어요.

이렇게 횡설수설할 때가 아닌데……. 퇴직 후 참여했던 크고 작은 집회는 다 기억도 못 해요. 그저 조용히 머릿수 채워 주는 조역으로 10여 년 거리에서 보낸 셈이죠. 왜 영웅심도 없는 사람이 그런 행동을 했느냐고요? 양심과 정의감 때문이죠. 저는 어릴 때부터 교육받은 대로 올곧고 정직하게 살려고 무척 노력했어요. 그러다 보니 사회의 소모품으로 고생만 잔뜩 하고 빈털터리가 됐죠. 그럼에도 불구하고 여전히 원칙이 지켜지지 않는 사회에 대해서는 분노가 차올라요.

아이고, 배고파. 재판을 위임한 법률 사무소에 서류를 우송하러 가야 하는데 점심 먹을 시간이 없네요. 왜 평생 시국 일에 말려들고 다니느냐고요? 저도 나름의 가치관이 있으니까요. 기억나세요? 제가 대학에 들어가자마자 유신 방학을 했던 거. 군대가 탱크를 앞세우고 들어와 학교를 장악하고 봉쇄했어요. 새내기였던 저는 몹시 흥분해서 계엄군들에게 따졌어요. 왜 학교에 못 들어가게 하느냐고요. 교문 앞에서 따지는 장면을 마침 지나가던 기자가 찍어서 신문에 실는 바람에 저는 대단한 저항 학생으로 오해되기 시작했어요. 학생들은 학교를 뺏기고 분노했지만 달리 방법이 없었어요. 거리를 헤매며 통기타, 생맥주, 장발의 청년 문화에 심취하거나 지하에 숨어서 독서 토론이나 할 수밖에 없던 시절이었죠. 그때 저는 열성적으로 책을 읽어 댔어요. 〈세상이 왜 이 꼴인가〉 하는 의문 때문이었죠.

그즈음 중앙정보부에서 처음으로 저희 집을 방문했어요. 제가 연극 동아리 부회장으로 뽑혔는데 회장 선배가 도피 중이라고요. 저는 모르는 일이라고 잡아뗐어요. 부회장이 된 것도 몰랐고, 선배가 쫓기는 것도 몰랐다고요. 저 이제 새내기라고……. 아버님이 중정 직원들에게 차 대접을 했어요. 뭐라고 하셨는지 그들은 조용히 물러났죠. 저는 아버님 앞에 불려 가서 꾸중을 들었어요. 큰언니, 작은언니 다 시집가서 네가 앞으로 맏딸 노릇을 해야 하는데 행동을 조심해라. 나도 일본 유학 시절에 조센징이라고 놀리는 데 분개해서 싸우려고 하다가 동무들이 말리는 바람에 관둔 적이 있었다. 그

때 누군가 참아라, 사소한 일을 못 참아 개죽음당하지는 말자, 지금은 더 공부해야 한다, 힘을 비축했다가 훗날 제대로 싸워서 조국 해방을 이뤄야 한다, 지금은 속절없이 깨질 때가 아니라고 말렸지. 아버님은 말하다 말고 입을 굳게 다물어 버리셨어요. 한참 제 얼굴을 보고는 〈네가 나를 많이 닮았구나〉 하시더니 슬그머니 일어나서 마당으로 나가셨어요. 그리고 깊은 한숨 쉬듯 담배를 피우셨죠.

오라버니도 열 살이나 터울이 져서 어린애로만 생각했던 동생이 감찰을 받자 어이가 없는지 피식 웃으면서 한마디 했어요. 나도 4·19 때 불의에 항거해서 열심히 데모해 봤지만 말짱 꽝이었다. 고등학교 때 경무대까지 진출했었지. 데모하지 마라, 5·16 때처럼 군홧발에 짓밟히면 그만이야. 죽은 친구들만 억울하지……. 군대 가서 오만 고생 다 하다 폐결핵에 걸려 왔던 오라버니는 먼 산을 바라보며 중얼거렸어요. 저는 무력 진압을 겪었던 오라버니의 패배주의를 미처 이해하지 못해서 반항심이 울컥 솟았어요.

그때 처음으로 아버님의 유학 시절 이야기를 조금 들을 수 있었어요. 왜 이야기하다 마셨는지 아직도 의문이에요. 평소의 제 성격대로라면 꼬치꼬치 캐물었을 텐데, 그날은 아무것도 묻지 못했어요. 아버님의 깊은 상처가 감지되어 감히 여쭤볼 수가 없었다고나 할까요? 하지만 좀 더 들었어야 했어요. 저는 그 후 단절된 역사를 알기 위해서 무척 골치 아프게 공부해야 했거든요. 조금만 더 설명해 주셨더라면 하는 아쉬움이 남아요.

제 기억 속의 아버님은 만년 부장이었어요. 그것도 자재부장. 남들은 비리로 돈 벌기 쉬운 자리라는데 아버님은 월급 외에는 벌어들이지 않으셨어요. 퇴직할 때까지 줄곧 부장 자리에 머무르셨죠. 가족들은 그 청백리가 답답했어요. 원칙만 고수하는 만년 꽁생원. 먼 훗날에야 아버님의 그 기질이 하루아침에 형성된 것이 아니었음을 알게 되었어요. 험난한 세월을 지나오면서 단단하게 지켜 낸 신념이었죠.

아, 직박구리 새끼들이 배고프다고 시끄럽게 우짖네요. 저도 밥 먹고 나가야 해요. 주민 센터에 들러 증명서를 떼고 우체국에 가서 등기로 부치고……. 할 일이 많네요. 그럼 나갔다 올게요.

3. 안개는 걷히고

거울 밖으로 빠져나온 저는 꼼꼼히 털모자와 털신, 장갑을 챙깁니다. 바깥은 거대한 수정 구슬 속처럼 맑고 투명합니다. 오랜만에 하늘이 본래의 낯빛으로 파랗게 활짝 개었네요. 차가운 바람이 제 몸에 겹겹이 붙어 있던 우울의 비늘을 천천히 벗겨 냅니다. 마음이 가뿐해지면서 머릿속이 명징해집니다. 어디선가 부부 싸움을 하는 소리가 들려옵니다. 대수롭지 않게 여기며 집 밖으로 한 발 내딛는 순간, 맞은편 건물 꼭대기 층에서 유리창이 와장창 깨지면서 무언가 밖으로 내던져집니다. 저는 깜짝 놀라서 현관 안으로 급히 몸을 들입니다.

부부 싸움은 한참 계속됐습니다. 그런데 어쩐지 싸우는 소리를 알아들을 수가 없었습니다. 아, 중국에서 온 부부군요. 중국 사람들은 사회 체제 혁명에 성공했다지만 인간 본성의 어두운 면까지 변화시킬 수는 없었나 봅니다. 다시 씁쓸하고 우울한 기분이 됩니다. 인간의 본성 중에서도 지극히 변화시키기 힘든 부정적 측면을 오물처럼 뒤집어쓰는 느낌.

풋, 문득 어머님과 아버님이 부부 싸움을 하던 장면이 떠올랐어요. 한 달에 두어 번 가계부를 앞에 두고 아버님은 목소리를 높이셨죠. 월급은 빤한데 살림을 아껴 쓰지 않는다고요. 어머니는 빚을 져서라도 아이들을 가르쳐야 한다고 조그맣게 대답하셨어요. 아들만 대학 보내고 딸들은 고등학교까지만 가르쳐도 넉넉하다. 내가 슈퍼맨인 줄 아나? 아버님이 지친 목소리로 중얼거리셨어요. 어머니는 남은 시골 땅을 조금씩 팔아서라도 대학은 보내야 한다고 하셨지요. 그 소리에 아버님은 화를 버럭 내셨어요. 아이들이 제힘으로 살아 내도록 해야지, 만날 물고기를 잡아 바쳐야 하나? 물고기 잡는 법만 가르쳐 주면 저거들이 스스로 잡도록 해야지.

안방에서 부부간 전쟁이 나면 저희 자매들은 건넌방에 모여 이불을 뒤집어쓰고 철없이 킥킥거렸지요. 대원군하고 민비가 싸운다, 수구파하고 개화파가 대판 씨름 중이야. 누가 이길 거 같아? 까불지 말고 오라버니 방에 가서 말리라고 해. 나는 과일 깎아 들이밀 테니 너는 커피 좀 타라. 아니, 홍차로 하자. 부부가 한참 다투다 자식들이 마루로 나와 서성이는 기색에 조용해지면 딸들이 마련한 다과를 들고 오라버니가 안방으로 들어갔지요.

오라버니는 외아들로 해야 할 몫이 버거웠을 거예요. 그렇게 안방에 들어가면 집안 내력과 족보, 앞으로 해야 할 일을 두어 시간이나 들어 드려야 했으니까요. 아주 예술적인 기질의 오라버니였지만 집안을 위해 사법고시 공부도 해야 했거든요. 1차는 쉽게 붙었는데 2차에서 자꾸 떨어지곤 했죠. 나중에야 알고 보니 연좌제 때문이었다고 하더군요. 그 당시는 일가친척 중에 소위 좌파가 있었으면 공직 진출이 제한됐거든요. 결국 친일파, 친미파로 떵떵거리며 살아온 극소수의 집안만 사회 활동을 활발히 할 수 있었죠. 지금은 형식적 연좌제가 폐지됐지만 과거에는 서슬 퍼런 무서운 법이었어요. 집안에서 누가 소위 빨갱이였느냐고요? 전후 세대인 저희야 모르는 일이죠. 억울하게 처형당하신 그분들은 무서운 전쟁을 감내해야 했던 6·25 세대의 침묵 속에 아득한 기억 저편으로 숨어 버렸어요.

왜 어르신들은 그 어두운 시대를 이야기하지 않아서 저희 세대와 단절을 겪었던 것일까요? 아마 전쟁이라는 엄청난 충격으로 인한 집단 외상 후 스트레스 증후군이 아니었을까요? 충격과 공포의 체험을 미처 소화하지 못해서 언어로 정리해 낼 수도 없었을 거예요. 정상적인 현실 감각을 잃어버렸는지도 몰라요. 아니면 끔찍한 경험을 후손들에게 물려주고 싶지 않다는 무의식적 방어 본능이었을지도 모르고요. 사람이 사람을 살해하고 살해당하는 경험 이하의 바닥 경험. 차마 입에 담기 어려울 만큼 끔찍한 죄악을 체험한 세대의 억압된 분노. 그 후에도 오래도록 지속된 휴전 체제와 분단으로 인한 독재 속에서 생존해 내야 했던 인간의 내면과 외면에 가해진 극심한 스트레스. 한국인 특유의 복합적 화병에 시달리며 경제 성장을 위해 무한 경쟁을 벌여야 했던 세대.

아버님 역시 화를 삭이려고 가끔 과음하셨어요. 어린 자식들은 아버님의 술주정을 이해할 수가 없었어요. 영어, 일본어, 한국어를 마구 섞어 가며 단말마의 고함을 지르시곤 했거든요. 벽에다 대고 고래고래 소리를 지르는 아버님의 무서운 얼굴. 이건 언어폭력이야, 가정 폭력이라고. 저는 투덜거리곤 했어요. 예민한 시기에 아버님의 언어폭력은 정말이지 지긋지긋했어요. 누구를 향해서 화를 내는 건지, 왜 화를 내는 건지 모르니까 더 전전긍긍했지요. 아버님은 화장실의 대야를 벽에다 던져 깨기도 했고, 맨손으로 부엌의 유리창을 박살내기도 했어요. 다행히 가족들에게 손찌검은 하지 않았어요. 제일 화가 났을 때 쟁반에 담겨 있던 땅콩 한 줌을 집어 저에게 던진 게 전부였어요. 제가 자식 중에 가장 당돌했거든요. 저는 아버님 앞에서 할 말은 하는 편이었지만 겁 많은 어머니, 오라버니, 자매들은 술주정이 시작되면 거의 숨었어요. 덕분에 제가 아버님 앞에 무릎 꿇고 앉아 잔소리를 실컷 들었지요. 먼 훗날 돌아가신 아버님에 대해 가장 많이 아는 자식이 저와 오라버니였어요. 잔소리를 귓등으로 넘겼어도 들은 바가 있었던 거죠.

아버님은 일본에서 대학을 졸업한 후 귀국해서 교사가 되셨어요. 그리고 큰외삼촌 중매로 서울 토박이였던 어머니와 결혼하셨어요. 서울에 살던 대갓집 막내딸이 왔다고, 그때부터 저희 집은 서울댁으로 불렸어요. 서울댁은 결혼해서 오자마자 돼지를 보고 기절해 버리고 말았대요. 그래서 어머니는 돼지 공주님이라고 놀림을 받았죠.

큰언니, 오라버니, 작은언니를 낳고 한동안 서울에서 교사 노릇을 하던 아버님은 대학교수가 되셨어요. 집도 부산으로 옮겼지요. 거기까지 꾸준히 지식인의 길을 걷던 아버님은 해방 후 정치판에 끌려들어 갔어요. 건국 준비 위원회의 여운형 선생을 지지한다는 찬조 연설을 몇 번 했기 때문이었죠. 아버님은 부산 지역 적산 가옥 처장 서리를 잠깐 하다가 여운형 선생이 암살당하자 관두셨어요. 그러고는 혼란스러운 정국을 피해 식솔을 이끌고 낙향했다가 고향에서 6·25 전쟁을 맞으셨어요. 옹기굴에 숨어 있다 나와 보니 마을 전체가 식량이 없어 대책 없이 굶주리고 있더래요. 그래서 식량을 구하러 부산으로 가는데 낙동강에 시신들이 둥둥 떠내려오더래요. 강물은 피에 젖어 벌겋고…….

그러다 미군 부대 앞을 지나시게 됐어요. 아버님은 빵을 먹는 미군을 보고 빵 좀 살 수 있느냐고 영어로 물었대요. 그러자 미군들이 일제히 환호성을 지르더래요. 드디어 영어를 할 줄 아는 사람이 나타났다고……. 한국인들과 말이 안 통해서 답답해하던 미군들은 그 자리에서 아버님을 통역관으로 채용했어요. 하지만 처음에는 꽤 괜찮았던 통역관 생활이 썩 좋지만은 않았던 모양이에요. 무슨 사건이 있었는지는 모르겠어요. 언젠가부터 아버님은 미군들에게 이중 첩자라고 모진 고문을 당했대요. 심지어 누가 아버님을 아는 체하면 그 자리에서 총으로 쏴 죽였다고 해요. 첫째 고모는 난리 통에 돌아가셨고, 둘째 고모 큰아들이 처형을 당했대요. 셋째 고모는 해외로 망명했고요. 전쟁의 비극은 저희 집을 비켜 가지 않았던 거죠.

전쟁 통에 아이를 낳지 않아서 작은언니와 저는 7년이나 터울이 져요. 그사이 아이가 아예 없었던 것은 아니에요. 대포 소리에 놀란 어머니가 두 번이나 사산했다고 하더군요. 옛날 여인들이 그랬듯이 가임 기간 내내 임신 상태였던 어머니는 저를 낳은 후 그만 단산하려 했는데, 어르신들이 아들 욕심을 내는 바람에 제 아래로 동생이 두 명 더 태어났어요. 다 딸이었죠. 두 분이 어려운 시대를 힘들게 건너오면서 여유가 생기면 한 명씩 낳으셨는지 형제들 간에 터울이 많이 지는 편이에요. 아들은 외동이니까 그렇다 치고 딸이 다섯이나 되지만 별로 싸우지 않은 이유가 나이 차이가 있기 때문이었죠.

어쨌든 화병이 단단히 났는데도 아버님은 휴전 이후에 생활 전선으로 나가셔야 했지요. 아버님은 그 당시 신설된 국영 기업에 취직해서 오랫동안 조용히 사셨어요. 그런데 정년퇴직한 직후 넷째인 제가 시국 사건에 말려드는 바람에 집안이 발칵 뒤집혔죠.

이제야 주민 센터에 도착했어요. 주민 등록 등본, 가족 관계 증명서, 인감 증명서 모두 두 장씩 떼야 해요. 바쁘다, 바빠…….

4. 지극히 작은 자

가족법이 바뀌어서 저는 서류가 깨끗하네요. 결혼한 사실이 없으니 거의 백지상태예요. 어머님과 아버님 그리고 저만 기록되어 있어서 간신히 제가 누군가와 연이 닿아 있음을 말해 주네요. 형제는 기록되지 않아서 가치관이 다르더라도 연좌제에 걸릴 일은 없겠어요. 그런데 이건 너무 단출하네요. 대가족의 단점을 극복하고자 했던 시도들이 파편화된 핵가족 개인주의를 낳았어요. 개인주의의 한계가 확실해지면 또다시 새로운 가족 형태가 시도되겠지요.

저는 건강이 점점 나빠져서 오래 살 수 없을 듯해요. 칠순 가까이 산 것만도 기적이에요. 어쨌든 새로운 시도보다는 지난 세월을 정리하고 반성하며 천국에 갈 마음 수양을 할 나이가 됐어요. 다만 저희 세대의 생각과 경험을 기록함으로써 후대에 작은 도움이라도 됐으면 좋겠어요. 선대 여성들이 규방 문학을 써 내려간 심정이라고 할까요? 지극히 작은 자였지만 최선을 다해 당대를 살아 냈던 부지런한 여성들처럼…….

벌써 오후 4시가 넘었어요. 집에 가서 저녁을 해 먹어야 할 시간이에요. 혼자 밥 먹는 일에는 익숙해졌어요. 하지만 밥이란 원래 함께 먹어야 한다는 사실, 잘 알고 있어요. 식구들이 두리반에 빙 둘러앉아 밥을 같이 먹던 시절, 그 평범한 일상이야말로 행복이었다는 것을 집이 압류되고야 알았어요. 그리고 사랑이란 대단한 낭만이 아니고 일상을 함께하며 밥을 책임지는 어른다운 의무라는 것도요. 정치라는 거대 담론도 민중의 밥을 책임지는 거지요. 정치 권력을 남용해서 민중의 밥을 뺏어 온 무뢰한들 때문에 대대로 고생해 온 역사지만.

이제 집 앞에 도착했어요. 버스에서 내려야 해요. 다리에 힘이 없기 때문에 조심해서 내렸어요. 기사 아저씨, 고맙습니다! 크게 외치고 건널목을 지나 집으로 걸어가요. 오늘은 콩나물국에 생선을 구워 먹고 싶네요. 어, 저기 하늘 한가운데 까마귀가 날고 있어요. 저물기 시작하느라 흐려진 하늘을 가르며 열을 지어 너울너울 날아가요. 기분이 좋지 않아요. 슈퍼에 들르지 말고 집으로 곧장 가야겠어요.

집에 왔어요. 그것도 외출이라고 고단하네요. 우선 우유 한잔 마시고 좀 쉬다가 저녁을 먹어야겠어요. 까무룩 잠이 오네요. 몸이 늪 속으로 한없이 가라앉는 듯싶더니 갑자기 붕 떠오르는 것 같네요. 가벼운 현기증인가 봐요. 졸려…….

흐린 하늘에 까마귀가 날고 있어요. 어디선가 철컥철컥 가위 소리가 들려와요. 집달리들이 대문을 부수고 쳐들어왔어요. 다짜고짜 살림을 집 밖의 골목으로 내던지다시피 내놓았어요. 삽시간에 그 많은 살림이 골목 밖으로 어지러이 나왔어요. 거구의 집달리 스무 명이 가족들을 내몰고 안에서 대문과 현관문을 잠가 버렸어요. 고물 장수들이 그 많던 책을 집어 가기 시작했어요. 내 책……. 오라버니가 다가가자 고물 장수 한 명이 1만 원 지폐를 쥐여 주고는 그냥 가져가는 거예요. 저는 멍청히 서 있는 샌님 오라버니의 무능함에 화가 났어요. 오라버니는 굉장히 생기 있고 활발한 사람이었는데 5·16 군사 정변을 겪은 후 거의 말을 안 하는 어두운 성격이 됐어요. 게다가 군대 가서 몹쓸 고생을 하고 온 후로는 한마디로 이해할 수 없는 사람이 됐어요. 어쨌든 저는 책을 마구 집어 가는 고물 장수들에게 소리쳤어요. 교과서는 두고 가셔야죠! 간신히 동생들 교과서와 제 교재를 구출해 낼 수 있었어요. 그제야 어머니도 정신을 수습하고 살림을 추슬러 고물 장수들에게 팔 건 팔고 남길 건 남겼어요.

마침 옆 동네에 친척이 살고 있었어요. 그 집은 고맙게도 저희 살림을 지하실로 옮겨 줬어요. 저물녘 거덜 난 집 위로 까마귀 떼가 깍깍 우짖으며 날아갔어요. 까마귀 떼처럼 몰려들었던 고물 장수들도 물러갈 즈음 부슬부슬 비가 내리기 시작했어요. 이 모든 사태의 주범인 오라버니는 어디로 피했는지 사라졌고, 어머니와 고등학생 동생, 초등학생 동생은 막내 외삼촌이 와서 데리고 갔어요. 저와 몸을 못 가누고 와병 중인 아버님은 옆 동네의 친척 집으로 옮겼어요. 아버님 병원비가 급했어요. 저는 고등학교 동창들에게 전화를 걸어 일자리를 알아보았지요. 곧 선금을 받고 입주 아르바이트를 시작했어요. 선금은 물론 아버님 병원비로 드렸어요. 다행히 아버님은 오래지 않아 거동하시게 되었어요.

대학은 휴학할 수밖에 없었어요. 입주한 집은 양파 반찬을 곧잘 해 먹었어요. 초등학교 연년생 사내아이 둘을 돌보고 가르치는 일이었는데, 어찌나 고된지 매일 저녁 까무러치듯 잠들었어요. 그러면서도 장준하, 함석헌 선생의 책자들을 찾아 읽었어요. 학교에서 친구들이 잡혀가 구속되었다든가, 명동 성당에서 정의 구현 사제단이 미사를 올린 후 행진했다든가 하는 시국 소식은 전해 듣고 있었지요.

잘 웃는 철부지였던 저는 버거운 삶의 무게에 습격당한 채 숨쉬기조차 힘들었어요. 하지만 악착같이 아르바이트를 해서 이듬해 복학을 해냈지요. 제때 졸업하고 싶었거든요. 아직 총학생회가 있던 시절이었어요. 학교는 유신 반대 데모로 몸살을 앓고 있었어요. 하지만 저는 뒤늦게 공부가 재밌어졌고, 입주 과외 일을 하기 바빠서 데모에 별 관심이 없었어요. 게다가 중앙정보부에서 가정 방문을 했던 일로 시위에는 상관하지 않겠다고 아버님에게 맹세했고요. 그러던 1975년 어느 날이었어요.

5. 거울을 마주하며

대강당으로!

강의실 칠판마다 글씨가 휘갈겨 써졌어요. 남학생 둘이 강의실을 돌면서 칠판에 글씨를 쓰고 미리 등사해 온 유인물을 뿌렸어요. 교실은 크게 술렁였고 참여파, 회피파, 방관파로 나뉘어서 집에 갈 사람은 집에 가고, 학교 앞 술집에서 망설일 사람은 망설이고, 대강당으로 갈 사람은 대강당으로 갔어요. 저는…… 글쎄 망설이지도 않고 대강당으로 갔답니다. 대강당은 시꺼먼 학생들로 빼곡했고 열기로 후끈했어요.

처음에는 가만히 보고만 있었어요. 국기에 대한 경례, 교가 제창에 이어진 총학생회장과 단과 대학 대표들의 연설은 꽤 들을 만했어요. 정치, 경제, 사회, 문화,

군사, 과학 등의 현안에 대해 미리 준비된 연설은 꽤 조리 있고 합리적이었지요. 이어서 동아리 대표들이 자유 발언을 했는데 한마디로 시위의 필요성을 주장하는 선전 선동이었어요. 나가자! 싸우자! 청중 가운데서 구호가 터져 나오기 시작했어요. 선동대가 맨 앞에서 스크럼을 짜기 시작하자 어깨에 어깨를 걸고 시위 대열이 형성되었어요.

시위대는 드넓은 교내를 한 바퀴 천천히 돌며 머뭇거리는 학생들을 끌어들여서 세력을 불려 나갔어요. 그러다 중앙 도서관 쪽으로 향하자 최루탄이 펑펑 터지기 시작했어요. 어느새 경찰이 출동해서 학교를 까맣게 둘러싸고 포진해 있었어요. 도서관에서 열심히 공부하고 있던 학구파들이 최루탄 냄새에 분개해서 튀어나왔어요. 그러자 도서관 앞에 즉흥 연설대가 마련됐어요. 참 아는 것도 많은 복학생 선배들이 호랑이처럼 포효하기 시작했어요. 교련 반대 데모의 경험, 부정 선거 감시의 경험, 위수령으로 강제 징집당한 이야기부터 삼선 개헌 반대의 필연성, 유신 헌법 철폐의 타당성 등이 쉼 없이 토로되자 여기저기서 〈나가자! 싸우자!〉 하고 외쳤어요. 이제 거의 전교생이 합세한 듯한 시위대는 정문을 향해 나갔어요. 그러자 경찰이 동원한 시커먼 페퍼 포그 차가 불을 뿜었어요. 페퍼 포그 차는 최루탄을 한꺼번에 다연발로 쏠 수 있도록 고안된 장갑차 비슷한 거예요.

매캐한 최루탄 연기가 자욱해지자 여학생들은 물동이와 수건을 들고 와서 눈 못 뜨는 학생들에게 물에 적신 수건을 건네주었어요. 어떤 여학생들은 앞치마 가득 돌을 날라 왔어요. 심지어 시위 현장에서도 그런 식으로 성 역할이 고정화되곤 했죠. 최루탄에 맞서 돌을 던지는 격렬한 전투가 한바탕 지나가자 다친 학생들이 생겨서 잠시 휴전 상태에 들어갔어요. 그 당시는 학교 중앙에 원형의 대운동장이 있어서 모두 둘러앉아 숨을 고르며 전열을 가다듬었어요.

> 우리들은 정의파다 훌라훌라
> 같이 죽고 같이 산다 훌라훌라
> 무릎 꿇고 살기보다 서서 죽길 원한다
> 우리들은 정의파다

이렇게 노래를 다 함께 한 곡조 부르면 누군가 나와

서 자유 연설을 하며 투쟁 의지를 고취시켰어요. 계속 그런 식이었죠.

이어서 누군가 연설을 하려는데, 교문까지 진출도 안 했는데 순서에 맞지 않게 경찰차가 페퍼 포그를 팍팍 뿜는 거예요. 먼저 싸움을 건 거죠. 흥분한 학생들이 우르르 교문으로 몰려가 한바탕 백병전이 벌어졌어요.

마지못해 돌과 물수건을 나르던 저는 그때 보았어요. 대운동장 한구석에 길게 누워 있는 고무호스. 운동장 주변의 나무들에 물을 주는 긴 고무호스. 저거다, 저걸 페퍼 포그에 맞서 틀어 대면? 물로 불을 끄는 거지. 저는 분수처럼 물을 뿜어 댈 상상을 하며 잽싸게 그 넓은 대운동장을 가로질러 뛰기 시작했어요. 누가 시킨 것도 아니고 미리 계획했던 일도 아니건만 순전히 즉흥적인 정의감에 도취되어 맹렬히 달려 나갔지요. 마침내 고무호스를 잡았어요. 꽤 무겁더라고요. 호스에 끌려가는 건지, 호스를 끌고 가는 건지 낑낑대며 페퍼 포그 차 앞까지 갔어요.

마침 남학생들이 교문 밖으로 진출하기 위해 경찰과 격렬한 몸싸움을 하고 있었어요. 그런데 기껏 끌고 간 고무호스에서 물이 안 나오는 거예요. 제가 당황하고 있으니 어떤 남학생이 한참 뛰어가 수도꼭지를 틀었어요. 물 나온다! 저는 의기양양해서 호스를 번쩍 들었어요. 웬걸, 물은 가뭄에 말라붙은 논물보다 더 가늘게 찔끔찔끔 흘러서 페퍼 포그와 맞서기에는 어림도 없었어요. 여학생은 비켜라, 거추장스럽다! 한 남학생이 벌컥 화를 내는 거 있죠. 저는 머쓱해서 대강당으로 돌아갔어요. 나도 신나게 싸우고 싶은데 여자는 꺼지라고? 마음속으로 발을 동동 구르며 안달을 하고 있는데, 신입생 때 교지 편집 일을 같이했던 친구가 다가왔어요. 친구는 학내 신문사에서 기자로 일하고 있었어요.

「밥이나 먹으러 가자. 네가 뭘 안다고 갑자기 끼어드니? 대학에도 다 파벌이 있고, 운동에도 다 맥락이 있어. 뜬금없이 나서서 설치지 마. 괜히 방해만 돼.」

친구가 냉정하게 잘라 말했어요. 가만 생각해 보니 그 말이 맞는 것 같았어요. 게다가 온종일 아무것도 안 먹어서 배가 꽤 고팠어요. 저는 두말없이 친구를 따라나섰어요. 옆에서 종알종알 투덜댔죠. 나야 뭐 작가 지망생이니까 운동이나 정치를 잘 모르지. 그래도 시국을 보고 느끼고 행동할 자유는 있잖아. 격렬한 투쟁이 벌어지고 있는 정문과 달리 후문은 한산했어요. 참여도

회피도 하지 않는 방관파 학생들이 집에 안 가고 어슬렁거리며 데모를 구경하고 있었어요.

그때 국문과 교수님이 저를 발견하고 곧장 달려오셨어요.

「여기서 뭐 하고 있어? 여학생들이 집에 안 가고. 대학이 폐쇄당하게 생겼는데……. 봐라, 경고장이 날아왔어.」

학과장이었던 교수님은 안쪽 주머니에서 공문을 꺼내 보여 주셨어요. 즉각 시위를 끝내지 않는다면 대학을 폐교 처분하겠다는 내용이었어요.

저는 어이가 없어서 피식 웃었는데, 친구가 〈교수님, 저 이거 잠깐 빌려도 되죠?〉 하고는 재빨리 공문을 낚아채서 신문사로 뛰기 시작했어요. 황당해하던 교수님은 슬그머니 사라지셨고, 저는 혼자 후문 밖으로 나왔어요. 라면이라도 사 먹으려고 했죠. 그때 갑자기 지프가 달려오더니 지나가던 남학생 둘을 강제로 떠밀어 짐짝처럼 싣고는 내뺐어요. 백주 대낮에 학교에서 학생들을 납치하다니……. 저는 정신이 번쩍 들었어요. 라면이 문제가 아니었어요. 다시 대강당으로 돌아갔지요.

대강당에는 전투조와 교대한 학생들이 쉬고 있었어

요. 저는 흥분한 상태에서 곧장 단상으로 뛰어올라 갔어요. 그리고 제가 본 두 가지 사실, 공문의 경고 내용과 끌려간 학생회 간부들 이야기를 했어요. 남학생들은 그 대학 역사상 처음으로 감히 여학생이 단상에 뛰어올라 포효하는 어처구니없는 일이 벌어지자 비실비실 웃느라고 사태를 심각하게 보는 것 같지 않았어요.

말해야 한다, 전해야 한다. 그 생각밖에 없었던 저는 그제야 무수한 남학생들의 호기심 어린 눈동자와 마주했어요. 갑자기 말문이 콱 막히는 거 있죠? 얼굴이 빨개진 채 꾸벅 절을 하고 단상에서 내려왔어요. 할 말은 다 했으니까. 헤실헤실 웃고 지랄이야. 저는 속으로 모질게 욕을 함으로써 창피함을 지웠어요. 강당 밖으로 나오자 매섭고 싸늘한 눈초리가 따라왔어요. 짭새다. 직감적으로 눈치챘어요. 하지만 그것이 제가 〈퀸〉 학생으로 분류된 시작임은 미처 눈치채지 못했어요. 그저 뭘 좀 먹으려고 같이 밥 먹기로 했던 친구를 찾아 신문사로 갔어요. 신문사 편집실에서는 마침 짜장면을 시켜서 먹으려던 참이었어요. 그날 밤새워서 호외를 만들기로 했다더라고요. 친구가 저를 소개하자 〈아, 그 이상한 소설 쓰는 국문과 여학생?〉 하고 전부 아는 체를 했어요.

저는 1학년 때 괴상한 소설을 학내 신문에 연재해서 이미 알려진 괴짜였던 거예요. 엉엉.

며칠째 데모가 계속되었어요. 저는 연극부와 문학회를 오가며 데모 상황을 예의 주시하고 있었어요. 어느 날 갑자기 천지가 진동하는 소리가 들려왔어요. 학생 주임이 달려와 다급하게 외쳤어요. 피해라, 어서! 학생회관에 있던 저희는 잽싸게 튀기 시작했어요. 탱크를 앞세우고 군대가 몰려오고 있었어요. 삽시에 아수라장이 됐어요. 학생들은 몽둥이로 맞아 가며 트럭에 실려 납치됐어요. 저는 후문으로 안 가고 정문으로 나왔는데 이상하게 안 걸렸어요. 아마 정문으로 도망 나오는 멍청한 놈은 없을 거라고 여겼나 봐요.

군용 오토바이, 트럭, 탱크, 총……. 군대의 모든 것이 펼쳐졌어요. 학생들은 학교 밖으로 내쫓겼지요. 교문과 울타리 너머에서 대운동장에 군대가 막사를 치고 군인들이 신나게 공을 차는 것을 멀리서 바라만 봐야 했죠. 보초들이 정문과 후문, 울타리 곳곳에서 총을 들고 감시하고 있었어요. 이른바 휴교령. 가을이었는지 봄이었는지 기억이 애매해요. 군대가 학교에 쳐들어온 사태가 한두 번이 아니었거든요. 유신 시대는 긴급 조치로 민심을 억누름으로써 유지되었으니까요. 1972년부터 1979년 사이, 긴급 조치 1호부터 8호까지를 몽땅 종합한 비상사태 선포가 긴급 조치 9호였어요. 이때는 긴급 조치 7호였고요.

총학생회가 해체되고 학생회 간부, 동아리 대표, 시위 주동자들은 잡혀가서 소처럼 분류되었어요. 감옥행, 군대행, 제적행, 정학행……. 학교가 다시 교문을 열었을 때는 의식 있던 학생들은 거의 사라지거나 숨었어요. 총학생회 대신 학도 호국단이 들어섰어요. 그렇지만 생각 있는 학생들은 선뜻 학도 호국단에 들어가려 하지 않았어요. 요샛말로 하면 일베의 시조였다고나 할까요? 학교에는 짭새들이 쫙 깔려서 두 사람만 모여 이야기를 나누어도 감시의 눈을 번뜩였지요.

총학생회가 해체된 1975년 이후 저희 아래 학번들은 무서운 감시 속에서 시위를 하려면 말 그대로 목숨을 걸어야 했어요. 실제로 죽기도 했고요. 그만큼 민주화를 위한 투쟁에서 참 억울한 고생과 희생이 많았어요. 그런데도 나중에 민주화가 뒤집혔을 때 그 일베의 시조들이 꼴보수 지배 계층으로 자리를 잡고 이해할 수 없는 빨갱이 타령, 종북 타령의 억지 사조를 퍼뜨리기도 했지요. 지난 이야기지만 다 지나간 이야기는 아닌 듯해요. 요즘도 텔레비전에 나와 포복절도할 발언을 서슴지 않는 꼴통들이 많지요.

수많은 학생들이 잡혀가고 끌려가고 잠복했던 그 시기에 저는 저항 운동이 실패한 분노를 열심히 소설에 담아냈어요. 그리고 교내 문학상에 당선됐어요. 당선되자마자 검열에 걸려 발표는 못 했지만 말이에요. 그 원고, 제가 써놓고도 기억이 잘 안 나요. 결말 부분에 주인공이 고향으로 돌아간 것 외에는……. 고향으로 내려간 사람이 있긴 있었어요. 다름 아닌 저희 아버님이었죠. 아버님은 월세방이라도 얻어 가족들 모여 살게 되면 올라오겠다고 하시고는 고향으로 내려가셨어요. 어머니와 동생들은 여전히 외가에서 살았고요.

졸업반이 된 저는 과외 아르바이트하랴, 졸업 논문 쓰랴, 취직 시험 준비하랴 눈코 뜰 새가 없었어요. 그리하여 마침내 교사가 되었는데, 당시의 유신 교육 현장에 대한 분노 때문에 민중 교회와 야학을 만드는 운동에 열심히 참여했어요. 그러다 잡혀가서 해직되고 인생

망가진 이야기는 앞으로 여러 번 나올 거예요. 다만 제가 안정되어 가족을 부양하기만 기다리던 아버님이 병세가 깊어지더니 일주일간 피만 토하다 돌아가셨다는 이야기는 해야겠군요. 말 그대로예요. 피만 토하다 돌아가셨어요. 저는 그 피를 토할 수밖에 없는 고통의 응어리를 직면해서 말할 기력이 없어요. 그래요, 아직도 말이 안 나와요. 가족들의 든든한 버팀목이었던 아버님의 말년은 외롭고 가난하고 비참했어요.

깊은 밤이에요. 이 도시 변두리 연립 주택촌 어디에 나무들이 있기에 저리도 구슬프게 소쩍새가 깃들어 우는 걸까요? 가난해서 굶어 죽은 며느리가 소쩍새가 되어 밤마다 〈솥 적다, 솥 적다〉 하고 운다는데…….

몸이 고단하면 잠이 안 오는 경우가 있더라고요. 누워서 비몽사몽간에 거울을 마주해요. 거울 속에는 부패한 신분제 사회에 맞선 민중들, 민주화를 이룩하기 위해 온몸을 내던진 시민들, 척박한 남성 위주 사회에 평등의 씨앗을 뿌린 여성들이 보여요. 할머님, 할아버님, 어머님, 아버님, 형제들 외에도 저와 똑 닮은 얼굴들이 비치고 있어요. 억울한 죽음을 감내하신 영령들도 많아요. 우리는 귀신처럼 살아 냈어. 어머니가 그렇게 말하실 정도였으니까.

거울이 회전문처럼 빙빙 돌면서 조금씩 움직이네요. 한자리에 머무르지 않고 느리게 나선형 계단을 오르듯 전진하고 있어요. 피에 젖은 대지. 학살과 수탈. 끔찍한 죽창과 총이 최루탄과 화염병으로 바뀌어 가요. 페퍼포그 차도 물대포로 바뀌었어요. 유혈이 낭자하던 항쟁의 장면이 점점 평화롭게 바뀌어요. 거울이 크게 돌아가자 작고 연약한 촛불을 든 아이가 아장아장 걸어 나와요. 마치 콩나물이 쑥쑥 올라오듯 빼곡하게 수많은 아이들이 따라 나와요. 평화를 비는 촛불들이 무수한 별빛처럼 지구의 밤하늘을 애절하게 밝히기 시작하네요.

이제부터 신도시 한구석에 간신히 작은 둥지를 튼 제가 퇴직한 후 어떻게 지냈는지 들여다볼 거예요. 그런데 현실 그대로 르포처럼 쓴 부분도 있고, 상상이나 은유를 활용한 부분도 있어서, 사실도 허구도 아닌 묘한 소설이 되고 말았어요. 그래서 글 쓰는 이를 곧이곧대로 저라고 할 수 없게 됐어요. 할 수 없이 이름을 하나

짓기로 했죠. 외국 성인(聖人)의 이름 중에 작가 성인 안씨와 비슷한 〈안젤라〉로 했어요. 그렇다고 제 세례명이 안젤라는 아니에요. 하하.

제망매가

1. 이른 가을바람

「돌아 버리겠어.」

조금도 돌아 버리지 않을 듯한 차분하고 느긋한 표정으로 안젤라가 말했다. 판도라 집에서 점심때 고기를 구워 쌈을 싸 먹고 있을 때였다.

「너무나 많은 사람들이 죽어 가. 요즘은 한 달에 두세 번은 문상을 다니게 돼. 진짜 미치겠어.」

「우리 나이가 죽기 시작할 때니까.」

연극배우 판도라가 시큰둥하게 대답했다.

「죽기에는 이르잖아?」

안젤라가 저승사자에게 대들듯 따졌다. 한동네에 살다 보니 알게 되어 급격히 친해진 두 사람이었다. 외로움을 잘 타는 판도라가 가끔 한잔하자고 연락해 왔다. 판도라는 딱히 별명이 없다면서 고민하더니 자신을 그리스 신화에 나오는 판도라라는 이름으로 불러 달라고 했다.

「잘 먹어 주니 고맙다. 나는 입맛이 없어. 고기를 그냥 두면 안 될 것 같아서 구워 먹자고 불렀지.」

판도라가 밥을 깨작거리다 말고 와인만 들이켰다.

「벌써부터 마시면 어떡해. 저녁때 가게에 나가 봐야지.」

안젤라가 걱정스럽게 말했다. 판도라는 소극장에 딸린 옷 가게를 운영하고 있었다. 워낙 불황이라 매상이 넉넉하지는 않았으나 현상 유지는 했다. 아파트도 소형인 안젤라와 달리 중형이었다. 다만 안젤라와 마찬가지로 혼자 살았다. 하긴 신경이 예민해서 누구와 같이 살 여유는 없는 듯싶었다.

「너는 연애 안 하니? 만날 일, 뻔한 일상생활, 소설 이야기 외에는 화제가 없어? 아, 지루해.」

판도라가 이마를 살짝 찡그리며 투덜거렸다.

「연애 이야기야 텔레비전 드라마에서 대신해 주잖아? 드라마에서는 일은 대충 하고 연애만 하더구먼. 그래서 드라마가 아닌 소설 쓰는 나는 연애 이야기 안 하고 일 이야기만 하지.」

판도라가 헛웃음을 지었다.

「너는 연애라도 할 필요가 있어. 그나저나 늘 바쁘게 일에 치이고 사람에 시달리며 사는데도 마음 한구석이 허전해.」

「가을 타는구나. 요새는 누구나 가을 타.」

우걱우걱 김치를 씹으며 안젤라가 심드렁하게 대답했다. 그때 안젤라의 휴대폰이 울렸다. 연락이 뜸하던 후배였다. 울먹이는 목소리로 근처의 암 센터에 입원했다고 알렸다.

「응, 저녁때 들를게.」

안젤라가 무거운 목소리로 전화를 끊었다.

「무슨 암이래?」

「모르겠어. 가서 자세한 이야기를 들어 봐야지.」

판도라는 목소리가 허스키해서 우울해지면 음산한 소리를 내곤 했다. 그 음울한 목소리로 판도라가 설명했다.

「암에도 여러 종류가 있어. 착한 암이 있고 나쁜 암이 있고……. 위암이나 대장암 같은 암은 일찍 발견하면 완치될 확률이 높아. 하지만 담도암이나 췌장암, 혈액암은 치명적이야. 고치기 힘들어.」

「암에 대해 많이 아네.」

「예전에 암 환자 역할을 했던 적이 있거든.」

「공해가 심해서 그래. 하늘과 땅, 물이 모두 오염되었잖아?」

두 사람은 침울한 분위기 속에 식탁을 정리했다. 집으로 돌아온 안젤라는 가볍게 씻고 암 센터로 향했다.

암 센터로 가는 길에는 가을이 서서히 익어 가고 있었다. 그렇다, 세상과 안젤라 사이에는 꼭 4차선 도로만 한 거리가 있었다. 그 거리에 가로수들이 죽 늘어서서 화사한 봄꽃을 피우고, 진초록 여름 잎을 무성하게 키우는가 하면, 찬란한 낙엽을 떨구고, 눈부시게 하얀 눈꽃을 맺으면서 변화하는 동안 세월이 흘렀다. 천진난만하고 명랑한 소녀였던 안젤라도 세월과 시대에 시달리며 우울한 여인으로 변해 왔다. 독신으로 살며 지지고 볶는 일상사에서 한 걸음 떨어져 지내 왔음에도 급속히 늙어 가는 것은 보통 사람들과 다를 바 없었다. 그나마 나무가 조금씩 성장하듯 안젤라의 마음도 아주 조금씩 성숙해 온 것만이 유일한 위안이라고 할까? 다만 인간은 나무만큼 오래 살기 힘든 게 아쉬울 뿐이었다.

그래도 너무했지, 나보다 세 살이나 어린 연화가 암이라니…….

연화를 처음 만났을 때가 대학교 졸업반이었던가? 안젤라가 오랜만에 학생회관에 들러 문학회 동아리 방에 앉아 있을 때였다. 신입생 티가 줄줄 흐르는 소녀가 문을 살며시 열고 들어와 수줍게 인사를 했다. 키가 자그마하고 오동통한 소녀였다. 햇살이 따듯한 날이었다. 까만 눈동자를 반짝이며 새내기 소녀가 온순하게 말했다.

「선배님, 저는 교우회보 신입 기자 연화인데요. 저희 편집장님이 선배님께 원고 청탁을 해보라고 하셔서요. 선배님께서 글을 잘 쓰신다고…….」

가난한 고학생이었던 안젤라는 귀가 솔깃했다. 교우회보는 원고료가 확실하고 후한 곳으로 정평이 나 있었다.

마침 점심때였다. 안젤라는 연화와 함께 학생 식당으로 갔다. 주머니를 털어 식권 두 장을 산 후 나란히 배식을 받았다. 연화는 학생 식당의 양만 많고 맛은 덜한 식사를 맛있게 먹었다. 이 후배도 형편이 별로인가 보구나. 부잣집 아이가 이 빈약한 음식을 이토록 맛나게 먹지는 않을 테니까.

「안젤라라면 세례명인가요?」

「예. 가톨릭이에요.」

「말 놓으세요, 선배. 우리 집은 불교예요.」

그리고 둘 다 종교에 대해서는 별말을 하지 않았다.

「고향이 어디예요?」

「저 경남에서 올라왔어요. 학교 앞에서 자취하고 있어요.」

「나는 친척 집에서 입주 아르바이트를 하고 있어. 그런데 그 집 요리에 양파가 많이 들어가. 그래서 나한테 양파 냄새가 날걸?」

연화가 비시시 웃었다. 이어서 두 사람은 교우회보에 실을 글에 대해 이야기를 나누었다. 시사적인 칼럼에 자신이 없었던 안젤라는 콩트를 쓰는 편을 택했다. 소재는 학자금 융자가 어떻겠냐고 제안했다. 그러자 연화가 머뭇거리며 덧붙였다.

「선배가 문학상을 받은 소설이 검열에 걸려서 발표가 안 됐다는 소식은 들었어요.」

「걱정하지 마. 이번에는 온유하고 서정적으로 검열에 안 걸리게 쓸 테니까.」

연화가 또 배시시 웃었다. 그때 식당 구석에서 날카롭게 번뜩이는 시선이 느껴졌다.

「나가자. 짭새 들어왔다.」

감시가 살벌하던 유신 시절이었다. 조금만 목소리를 높여 이야기를 나누면 유언비어 유포 죄로 잡혀가던 공포 정치 시대였다. 두 사람은 식판을 주방에 돌려주고 운동장으로 나와 천천히 걸으며 이야기했다.

「대학이 워낙 이렇게 살벌했어요?」

「아니, 내가 1학년 때 박 정권이 장기 독재를 하려고 개헌하면서 무시무시해졌어. 탱크가 교내에 들어와 주둔하고……. 큰 데모 이후에 총학생회가 해체되고 학도호국단이 들어서면서 교내 분위기가 엉망진창이 됐어.」

「그 이야기는 들었어요. 선배가 새내기 때 용감하게 총 든 계엄군한테 왜 학교에 못 들어가게 하느냐고 따졌다고요.」

「하룻강아지 범 무서운 걸 모른 거지. 수사는 받았지만 비교적 무사했던 거 보면 운이 좋았어.」

「우리 학교만 긴급 조치 7호를 맞았던 시위 때 여학생 최초로 단상에 올라갔었다는 전설이 내려오던데요?」

「에이, 남학생들 때문에 망쳤어.」

「취직은 하셨어요?」

「나야 문과대니까 법대나 정경대와 달리 취직이 늦지. 교사 자격증은 땄으니까 순위 고사나 학력고사를 봐서 발령을 받아야지. 졸업 논문도 써야 하고.」

「바쁘시겠네요. 아르바이트하랴, 수업 들으랴, 논문 쓰랴, 교육 고시 준비하랴…….」

「고학년이 다 그렇지. 우리 학번이야 무사히 졸업하는 것만도 감사해야지.」

「선배는 결혼 안 하세요?」

「어휴, 지금 형편으론 엄두도 못 내. 직장 생활을 몇 년 한 후에나 생각해 볼까?」

두 사람은 가난한 고학생인 서로의 처지를 쉽게 이해했다. 연화는 선배나 어른들을 잘 따르는 성격이었다. 어린 시절부터 고향을 떠나 대처의 고등학교에 다니면서 독립적으로 살아온 대신 오래 고독했던 연화에게는 어딘가 기댈 수 있는 든든한 손윗사람이 필요했는지도 몰랐다.

돌이켜 보면 살아 내는 것만으로도 힘들고 벅차서 후배들에게 든든한 선배로서 포근함을 베풀 여유가 없었던 것이 아쉬웠다. 그럼에도 불구하고 아플 때 전화를 걸어 준 것이 고맙기만 했다.

안젤라는 화장실에 들러 입안을 헹구고 손을 씻은 후 병실로 들어갔다. 6인실 창가 쪽에 자그만 환자가 침대에 앉아 무릎 위에 노트북을 올려놓고 열심히 자판을 두드리는 모습이 눈에 띄었다. 틀림없는 연화였다. 일단 누워 있지는 않아서 안도의 한숨이 나왔다. 시인이 되어 좋은 작품을 쓰는 것이 얼마나 간절한 소망이었으면 죽음의 위기 앞에서 저렇게 글쓰기에 마지막 힘을 다하고 있을까? 가슴이 짠했다.

가까이 다가가자 연화가 고개를 돌리더니 〈어머, 언니〉 하며 반가운 웃음을 지었다. 여전히 눈웃음과 보조개가 귀여운 소녀처럼 남아 있었으나 이젠 누가 보아도 어쩔 수 없는 중년이었다. 얼굴빛이 누렇게 뜬 듯했지만 심한 중증 환자 같지는 않았다. 안젤라가 조심스레 물어보았다.

「어디에 암이 왔대?」

「담도암 같대요.」

안젤라의 가슴에 고층 빌딩이 일시에 무너지는 듯한

충격이 왔다. 그러나 연화는 담도암의 치명성을 미처 모르는 것 같았다.

「일단 수술하고 경과 봐서 퇴원한 뒤 몸조리 잘하면 제 수명대로 살 수 있나 봐요. 그동안 일에 살림에 애들 교육에 시달려서 좀 지친 모양이에요. 회복되면 다 관두고 평생 꿈꿔 왔던 시 쓰기를 본격적으로 해야겠어요.」

간신히 마음을 진정시킨 안젤라는 태연한 얼굴로 위로했다.

「그래, 그동안 강행군을 했어. 이제 애들도 다 컸고 남편도 자리 잡았으니 소원대로 시인이 되렴.」

「예, 회복되면 시간 강사는 관둬야겠어요. 욕심을 부렸던 거 같아요. 부부 교수라도 될 것처럼……. 몇 해 전에 만년 시간 강사가 자살한 사건이 있었어요. 저도 그 심정 잘 알아요.」

「작가 수업은 내가 도울 수 있다면 힘껏 도와줄게. 보고 싶은 친구들 있니? 네 소식 전하면서 불러낼게. 이렇게 쉬는 틈에 우리 좀 놀자. 밀렸던 이야기도 나누고…….」

두 사람은 오래 못 본 동창들 이야기를 하며 간간이

웃었다. 저녁 시간은 빨리 갔고, 퇴근한 연화의 남편 정 교수가 숨차게 병실로 들어왔다. 그는 연화보다 더 아픈 병자처럼 보였다. 안젤라는 눈인사를 한 후 부부를 위해 자리를 비켜 주었다.

집으로 돌아오는 발걸음이 한없이 무거웠다. 버스에서 몇몇 동창에게 전화를 걸어 연화의 근황을 알렸다. 휴대폰을 그만 넣으려는데 벨이 울렸다. 판도라였다.

「어떤 암이래?」

「확실치는 않은데 담도 쪽 같아.」

「저런, 잘 살아야 3개월 남짓이겠네.」

「그렇게 빨라?」

「그럴 거야. 우리 집에 술 마시러 와. 오늘 안 나가고 개기고 있어.」

「아까 낮에 갔었는데, 뭐. 며칠 후에 보자.」

전화를 끊은 안젤라는 음울한 기분으로 창밖을 내다보았다. 수많은 자동차 불빛들이 정신없이 흔들리고 있었다.

2. 죽고 사는 길이 여기 있음에

새벽녘에 안젤라는 잠에서 깼다. 검은 하늘이 한쪽부터 파르스름해지고 있었다. 먹구름 뒤에서 태양이 떠오르는 모양이었다. 오늘도 창밖의 감나무는 햇살을 머금으며 조금씩 열매를 익혀 가리라. 우리네 인생이, 특히 연화의 인생이 충분히 익어 갈 시간을 허락하소서. 설익은 채 안타까이 지지 않게 하소서. 안젤라는 아침부터 연화가 쾌유되기를 기도했다. 오늘이 연화의 수술날이었다. 그새 가을은 붉으락푸르락 노래지고 있었다. 안젤라는 암 센터로 향하는 버스에 올랐다.

밤새 수술이 끝나서 환자는 잠에 취해 있었다. 그러나 수술을 지켜보았던 정 교수의 안색은 처연하기 짝이 없었다. 딸과 아들도 와 있었는데 눈물 자국이 얼룩진 얼굴에 절망의 빛이 역력했다. 굳이 묻지 않아도 죽음의 그림자가 어른거림을 눈치챌 수 있었다. 연화는 아무것도 모르는 어린아이처럼 깊은 잠에 빠져 있었다. 안젤라는 병상을 지켜 줄 테니 가족들은 내려가서 점심 식사를 하고 오라고 권유했다. 아무리 입맛이 없어도 식사를 거르면 안 된다고, 체력을 유지해야 힘든 투병 생활을 이겨 낼 수 있다고 선배답게 잔소리를 해댔다.

잠든 연화의 얼굴은 칭얼거리다 세수를 안 하고 곯아떨어진 아이 같았다. 얼굴빛이 숯처럼 까맣게 탔고 입술은 하얗게 부르텄으며 통통하던 몸은 몰라보게 야위었다. 물수건으로 얼룩진 얼굴을 깨끗이 닦아 주고 싶었지만 감염이 두려워 건드리지 않았다. 병실 창밖을 내다보니 회색 콘크리트 건물 사이로 어린 가로수들이 듬성듬성 서 있는 애잔하고 쓸쓸한 풍경이 눈에 들어왔다. 여섯 명의 암 환자가 누워 있는 이 병실뿐 아니라 병원 전체, 바깥 정원까지 암이라는 극형에 시달리는 환자들이 가득 차 있다는 사실에 가슴이 서늘하게 내려앉았다.

안젤라가 대학을 졸업한 후 교사로 일하던 시절, 연화가 근무하던 중학교로 찾아왔었다. 그때의 젊고 건강하던 모습이 떠올랐다. 산 중턱에 있어서 경치가 좋았던 학교 부지 한가운데에는 조그만 연못이 있었다. 한창 연꽃이 피어오를 무렵이었다. 일직을 하던 날이었던가? 학교는 조용했다. 새내기 교사였던 안젤라는 괴롭고 외로운 직장 생활 중에 후배가 방문해 준 것이 반갑고 기뻤다.

「언니, 교사 생활 어때요?」

「좋기도 하고 나쁘기도 하고…….」

연화가 또 보조개를 지으며 해맑게 웃었다.

「뭐가 제일 좋은데요?」

「애들이지. 귀여운 애들 가르치면서 월급까지 받는 게 좋지.」

「나쁜 건?」

「시간이 부족해. 글을 쓰거나 책 읽을 시간이 없어서 에너지가 충전이 안 돼. 늘 기력이 달리는 느낌이야.」

「교사는 그래도 기업체에서 일하는 것보단 자기 시간이 많잖아요?」

「잡무가 너무 많아. 수업 시간에 멸공을 몇 번 말했나 써내야 해. 상식 이하야, 이놈의 유신 체제……. 교육이 완전 일제식이야. 대학에서 배운 신진 교육 이론을 써먹을 데가 없어.」

「동료 교사들은 어때요?」

「뜻이 통하는 친구가 드물어. 일과 교육에 대한 열정보다는 돈 모아서 안정된 생활을 하는 것만 생각해. 나 보고는 매사에 지나치게 진지하대.」

「언니도 학자금 융자 빚 갚고 집 사고 안정된 생활을 해야 하잖아요. 언제까지 자취할 건데요?」

「내가 계산해 봤어. 집 장만하려면 내 월급으로 얼마나 시간이 걸릴까……. 30년가량 꼬박 일하고 저축해야겠더군. 그러려면 작가 되기는 까마득하고 평생을 돈 벌다 허비할 듯싶어 기가 막혀.」

「사는 게 그런 거죠.」

「참을 수가 없어. 그렇게 돈 버는 기계로 사느니 사회 구조부터 바꾸는 게 나을 거 같아.」

「사회 구조를 바꾼다? 어떻게요?」

「공부하는 중이야.」

「공부?」

「친구들 몇이 모여서 스터디하고 있어.」

「참, 언니 대단하다.」

살랑바람이 불었다. 넓적한 연잎이 뒤집어지면서 분홍색 연꽃들이 화사하고 고귀한 자태를 뽐냈다.

「너, 연화경이라고 아니?」

「그럼요, 엄마한테 귀에 구멍이 뚫리도록 들었어요. 더러운 진흙탕에서도 아름다운 연꽃이 핀다, 물을 맑게 정화시키면서…….」

「어머님이 불교 신자라고 그랬지?」

「글쎄, 신자라기보다 얼치기 무당에 가깝죠.」

연화가 냉소적으로 대답했다.

「나는 연화라는 이름도 싫어요. 내 태생과 환경이 지긋지긋해요. 가족에게서 벗어나려고 악착같이 공부했어요. 그나마 공부를 잘한 덕분에 장학금을 받아서 대학에 진학할 수 있었죠. 엄마는 진흙탕에서 연꽃이 핀 거라고 했어요. 이름 그대로 연화라고요.」

「아버지는?」

「평생 여기저기 떠돌아다녔죠, 재개발 구역 용역으로……. 뒤늦게 건물 경비 일을 시작하면서 비로소 자리를 잡은 셈이에요.」

연화는 어려운 고백을 하면서 얼굴이 창백해졌다. 비록 지금은 심하게 몰락했지만 서민 가정에서 안온하게 성장해 온 안젤라였다. 평생 떠돌이에 가까웠던 아버지와 무당인 어머니 사이에서 그야말로 힘겹게 성장한 연화의 고백을 듣고 있자니 괜히 미안해졌다.

「미안해. 힘든 이야기를 털어놓게 해서……. 하지만 네 이야기를 듣다 보니 희망이 생긴다. 학생들 중에 너처럼 어려운 아이들이 수두룩하거든. 한 반이 70명이면 열 명이나 제대로 산다고 할까? 나머지 60명은 가난하고 힘든 가정 아이들이야. 열에 아홉은 비극 속에서 매일을 살아간다고 봐야지. 아이들이 학교에 공부하러 온다기보다 지옥 같은 집에서 잠시나마 벗어나려고 나오는 것 같아. 어린 나이에 갖은 고통을 겪느라고 멍한 눈빛의 아이들에게 교과서 내용을 주입하는 게 무슨 의미가 있나 싶어. 그런데 네 사례는 아이들에게 희망이 될 수 있겠어.」

「무슨 희망씩이나 되겠어요? 전 그저 불안정한 생활을 청산하고 싶을 뿐이에요. 안정된 시공간이 있고, 적당한 수입이 있고, 믿음직한 동료가 있다면 평생 일하고 사는 거야 어때요? 노동은 당연한 거잖아요. 난 따듯한 가정이 필요해요. 수상한 부부의 딸이라는 멍에를 벗어 버리고 싶어요. 나도 친구들처럼 당당하고 자유롭게 진리와 정의를 추구하며 살고 싶다고요.」

연화가 가슴에 맺힌 간절한 소망을 토해 냈다. 그런데도 이상하게 비참하거나 주눅 든 구석이 보이지 않았다.

「애인이 생겼니?」

안젤라가 따듯하게 물었다. 연화가 수줍게 고개를 끄덕였다.

「축하한다. 잘됐으면 좋겠구나.」

그러고 보니 연화의 눈에는 행복감이 서려 있었다.

「언니는 결혼 안 해요?」

「글쎄, 월세방이라도 얻어서 여기저기 흩어진 가족들을 모으는 게 먼저지. 내 결혼을 계획할 단계는 아닌 것 같아. 가정생활에 별다른 소망도 없고……. 그보다는 빨리 작가로 등단하고 싶어. 밥벌이는 교사로 됐다 치고 작가 되기는 여간 어려운 게 아냐. 단순히 단계대로 공부한다고 되는 일이 아니지.」

「글은 저도 쓰고 싶어요. 저는 소설이 아닌 시가 쓰고 싶어요. 직장도 가정도 갖고 시인도 엄마도 되고 싶어요.」

「욕심쟁이.」

「난 다 할 수 있어요. 이 세상을 맘껏 사랑할 수 있다고요.」

연화는 팔을 활짝 벌리고 하늘을 올려다보며 웃었다. 연화가 그렇게 소리 내어 웃는 일은 드물어서 안젤라도 기분이 좋았다. 그 후 연화는 애인과 동거를 시작했고, 졸업하자마자 결혼을 했다. 대단한 소녀, 아니 어른이었다.

당차게 살아서 믿음직하더니 많이 힘들었구나. 이렇게 기진해 쓰러지다니…….

잠에서 깨어나지 못하는 연화를 보며 안젤라가 기도를 계속하고 있는데, 가족들이 병실 안으로 들어왔다. 인기척에 놀란 듯 연화가 눈을 떴다. 정 교수가 아내의 손을 부드럽게 잡고 차분히 설명했다.

「수술은 잘됐어. 이제 몇 달간 항암 치료를 받으면서 몸조리 잘하면 완쾌될 거야.」

「여보, 나 집에 가고 싶어. 집에서 왔다 갔다 하면서 항암 치료를 받으면 안 돼?」

연화가 어린애처럼 졸랐다.

「그래. 며칠 후에 실밥 뽑으면…….」

목소리가 잠겨 드는 것을 억지로 끌어 올리며 남편이 달랬다. 안젤라는 자식들에게 눈인사를 한 후 조용히 병실을 빠져나왔다. 가족들끼리 있을 필요가 있었다.

집으로 돌아오는 버스 안에서 안젤라는 판도라에게

전화를 했다.

「놀러 가도 돼?」

「영 심란한 목소리구나. 와도 되긴 하는데 오늘은 손님이 많네. 새로 공연할 연극 팀이 방문했거든.」

「그러면 다음에 한가할 때 갈게.」

「그 후배 때문에 속상해서 그러지? 위로해 주는 것도 중요하지만 누군가는 사실대로 말해 주어서 삶을 정리할 기회를 주어야 할 거야.」

「그러게 말이야.」

「그나저나 바쁘지 않으면 우리 팀 좀 도와줘. 스태프나 단역으로.」

「글쎄. 지나가는 사람이나 잠자는 사람 역할이면 몰라도……. 무슨 연극인데?」

「오르페우스와 에우리디케.」

사별한 연인의 애타는 사랑 이야기였다.

「판도라가 잘 해내겠지.」

「그래.」

아픈 경험이 많은 판도라의 목소리도, 후배가 위독한 안젤라의 목소리도 젖어 들고 있었다. 4차선 도로도 밤안개에 축축하게 젖어 들었다.

3. 말도 못다 하고 가려는고

털실을 고르는 데에 시간이 오래 걸렸다. 한참 망설이다가 밝은 갈색의 털실을 넉넉히 샀다. 모자와 숄을 짤 생각이었다. 항암 치료를 받으면 대개 머리칼이 빠지고 추위를 많이 타므로 연화가 병실에서 쓰고 걸치기 편하게 만들려는 셈이었다. 심란한 마음을 달래 가며 며칠째 뜨개질만 했다. 가을 햇살이 기웃기웃 들여다보는 창가에서 고양이처럼 편하게 앉아 뜨개질로 시간을 보내자니 만사가 태평한 듯싶기도 했다. 하지만 실상은 마음이 심란해서 아무 일도 손에 잡히지 않았으므로 단순히 뜨개질만 할 수밖에 없었다. 그때 휴대폰이 울렸다.

연화와 같은 과를 다닌 대학 후배였다.

「언니, 연화 입원했다며?」

「응. 생각보다 심각한 거 같아. 늦기 전에 병문안 가는 게 좋을 것 같다.」

「에이, 나는 별로 가고 싶지 않은데…….」

「왜? 너랑 친했잖아?」

「프락치 같아서…….」

「어머머, 큰일 날 소리. 연화가 얼마나 훌륭한 지원 세력이었는데……. 그런 의심 하는 거 아니다.」

「연화는 졸업한 후 어용 연구소에서 일했어. 그때 언니는 교사 해직되고 병원에 들어가서 소식이 끊어졌을 때라 잘 모르겠지만 좀 찜찜했어.」

「그야 단칸 월세방에서 신혼살림을 시작했으니까 맞벌이하느라 바빴겠지. 여학생들은 취직하기가 아주 어려울 때였잖아. 어디든 뚫고 들어가지 않을 수 없었겠지. 연화는 그냥 조용히 연구소 일만 하고 월급만 받았어. 결정적으로 그 아이가 프락치가 아니었다는 증거를 댈 수도 있어.」

「어떤 증거?」

「그 연구소에서 결국은 못 참고 노동 쟁의를 일으켰어. 싸움 현장에 나도 가봤는데 결사적으로 싸우다 해직됐는걸.」

「그래? 몰랐어. 언니는 80년대에도 연화와 왕래했구나. 우리는 그 애 아버지도 용역 일을 하고 본인도 어용 기관에서 일하고 그래서 왕래를 끊었지. 워낙 감시가 심해서 극도로 긴장해야 할 때였잖아?」

「연화는 자기 부모처럼 살고 싶어 하지 않았어. 그 반대로 살려고 했지. 한마디로 우리 중에 프락치는 없었어. 다만 군대식으로 훈련받지 않은 여학생들이라 보안 의식이 약하고 조심성이 없어서 정보를 무심코 흘리고 다니는 통에 데모도 제대로 못 하고 사전에 검거됐던 거지.」

「언니네 학번은 사전에 검거됐지만 우리는 데모 성공했었어.」

「그래. 장하다, 장해.」

「그러면 도대체 프락치가 누구였던 거야? 이제는 세월이 흘렀으니까 까놓고 물을게. 언니였어?」

「천만에, 말도 안 돼. 내가 고문을 견뎌 내며 입을 다물어서 검거를 면한 사람들이 얼마나 많은데…….」

「그건 그래. 어쨌든 위중하다니 한 번은 가봐야겠네.」

「병실 호수와 전화번호를 문자로 찍어 줄게.」

「언니는 몇 번 다녀왔지?」

「응, 며칠 후에나 가보려고 해.」

「우리 학번 몇몇이 오늘 오후에 들러 볼게요.」

「수고해.」

전화를 끊은 후 안젤라는 다시 뜨개질에 몰두했다. 뜨개질하는 손이 새삼 부들부들 떨리며 머릿속이 천천히 흐르는 물같이 혼탁하게 움직였다. 대학을 졸업한 지가 40년이 넘었다. 강산이 네댓 번 바뀌고도 남을 시간이었다. 그런데도 20대에 생겼던 애정과 증오가, 이해나 오해가, 믿음과 불신이 풀리지 않고 맺혀 있는 이유가 무엇일까? 아무리 자신의 속을 들여다보고 다른 사람들을 응시해 봐도 알 수 없는 것이 사람 마음이어서 마음을 온전히 지키기가 제일 힘들었다.

하긴 8·15 이후는 갈등과 긴장의 사회였고, 6·25 이후는 잔혹한 위험 사회였으며, 5·16 이후는 워낙 프락치나 짭새가 많은 감시 사회였다. 유난히 변절자가 많은 불신 사회이기도 했다. 분단 체제를 악용한 기득권 세력에 저항해 온 진보 세력은 늘 무서운 긴장 상태에서 살아야 했다. 심지어 함께 싸웠던 동지들조차 보안 때문에 터놓고 대화하지 못해서 온전히 믿지 못했다. 분단 체제는 정상 국가가 아닌 탓에 사람들도 약간은 정상이 아닌 것 같았다.

그래서 피해 의식에 시달리다가 정신과를 찾아가면 프로이트 이론에 따라 인간 본성과 유년기, 성장기 해부에 집중하는 통에 오히려 어른의 심리보다 어린 심리로 퇴화하거나 성적(性的) 문제에 지체되는 부작용이 있었다. 사람이라면 누구나 겪기 마련인 본능적 갈등 이외의 문제를 다루기에 병원이란 그렇게 훌륭한 곳이 못 되는지도 몰랐다. 병원은 물적인 육신을 다루는 곳이지, 영혼이나 사회 구조를 고치는 기관이 아니기 때문이다.

안젤라는 장기적으로 정신과 치료를 받아 왔지만 아직도 자신이 왜 이런 상태가 됐는지 솔직히 이해가 안 갔다. 어째서 건강했던 자신에게 언어 분열과 외상 후 스트레스 장애가 생겼는지, 그 때문에 평생 고생하게 되었는지 납득할 만한 설명을 해내기가 어려웠다. 그냥 뇌에 생체학적인 이상이 갑자기 생겼다고밖에 말할 수 없었다. 안젤라가 성장기를 통해 겪었던 상처들은 평균적인 사람들보다 전혀 심하지 않았고, 상황에 대처하는 안젤라의 능력에도 별로 병적인 데가 없었기 때문이다.

어쨌든 유신 시절은 많은 청년들에게 크고 작은 상처

를 남겼다. 돌이켜 보면 연화도 안젤라와 함께 영문도 모른 채 잡혀가서 취조를 받고 먼저 풀려나는 수모를 겪었던 적이 있었다. 그때부터 몸 안에 병인이 쌓이기 시작한 건지도 몰랐다. 고문을 받았던 사람들은 너나없이 병 하나씩은 앓았고, 젊은 나이에 세상을 등지는 사람도 많았다. 감수성이 예민하고 영민한 수재들이 외상 후 스트레스 장애로 폐인이 되어 일생을 망치는 경우도 있었다. 심지어 30년 전에 폭력적으로 얻어맞은 후 풀려나서 정상적으로 살아왔는데, 자꾸 갈비뼈가 아파서 검사를 해보았더니 맞을 때 뼛조각이 부서졌다가 멋대로 붙는 바람에 큰 병이 되어 버린 고문 후유증 피해자도 있었다. 대학 출신들이 그러니 노동자들의 참상은 오죽하랴? 해고 노동자가 서른 명 가까이 죽었다는 쌍용자동차 상황만 봐도 국가 폭력에 의한 폐해가 얼마나 극심한지 알 수 있었다.

이 생각 저 생각 하면서 바지런히 손을 움직인 사이 뜨개질이 완성되었다. 모자와 어깨에 두르는 다용도 숄이 예쁘게 짜여 만족스러웠다. 내일 가져다줘야지. 안젤라는 흡족한 마음으로 잠자리에 들었다. 일찍 잠들어서였을까? 요란한 벨 소리에 놀라 잠에서 깼을 때는 아직 자정이 안 된 시각이었다. 떨리는 마음으로 전화기를 들자 연화의 목소리가 튀어나왔다.

「언니…….」

말을 잇지 못하고 통곡을 터뜨리는 연화.

「많이 아프니? 지금 달려갈까?」

연화는 목 놓아 울기만 했다. 말이 되기 이전의 복잡한 감정이 터져서 심장을 찢는 듯한 큰 울음이었다. 멍하니 연화의 통곡을 듣고 있는데 정 교수의 목소리가 들려왔다. 역시 눈물에 젖은 소리였다.

「죄송합니다.」

「병세가 나빠요?」

「통증이 심한 모양입니다.」

「지금 가볼까요?」

「아니요. 내일 오셔도 됩니다. 한밤중인데요.」

「그럼 내일 꼭 갈게요.」

전화기를 내려놨는데도 통곡 소리가 들리는 듯 귀가 먹먹했다. 잠이 달아난 안젤라는 크게 한숨을 쉬고 기도를 올린 후에야 잠들 수 있었다. 새벽녘 휴대폰에 문자 메시지가 들어오는 소리가 났으나 도무지 눈을 뜰 수가 없었다. 겨우 잠에서 깨어났을 때는 정오 무렵이었다. 늦잠을 잔 것이었다. 안젤라는 서둘러 메시지를 확인했다.

오늘 새벽 연화 별세.

그동안 고마웠습니다.

정 교수 사룀.

현기증을 느끼며 안젤라는 자리에 눕고 말았다. 얼마나 오래 쓰러져 있었을까? 누군가 현관문을 두드리는 소리에 잠에서 깼다. 판도라였다. 간신히 몸을 일으켜 엉금엉금 기다시피 나가 문을 열어 주었다.

「웬일이야?」

「연화가 기어코 세상을 버렸어.」

판도라가 주방 의자에 털썩 주저앉으며 상심한 얼굴을 했다. 아무 말 없이 한동안 앉아 있던 판도라가 눈물을 흘리기 시작했다.

「너무 안됐어. 너는 모를 거야. 사별의 고통이 얼마나 힘든 건지……. 나는 아이를 잃었어. 내 탓이야. 내 잘못이야. 결국은 이혼했지.」

판도라는 안젤라를 방문한 용건도 잊어버리고 제 설

움에 겨워 흐느꼈다. 안젤라는 정신을 차리고 차를 내준 뒤 판도라의 설움이 가라앉기를 기다렸다. 인생은 어떻게 살든 저마다의 슬픔이 있구나, 막연히 느낄 뿐 달리 위로할 말이 떠오르지 않았다. 한참 울다가 정신을 차린 판도라가 비로소 용건을 말했다.

「연극 초대권 주러 왔어. 불이 꺼져 있어서 그냥 한번 두들겨 본 거야. 저녁은 먹었어?」

그러고 보니 창밖이 어두웠다. 하루 종일 실신한 듯 잠만 잤던 것이다.

4. 가는 곳이 어디인지 몰라도

입동이었다. 지나치게 아름다워 유난히 쓸쓸했던 처연한 가을은 저물었다. 바람이 차가워지고 날쌔지기 시작했다. 윤달을 끼고 있어 비교적 긴 가을이었다. 연화를 잃은 지 백 일이 넘어가고 있었다. 도대체 무슨 말을 미처 하지 못하고 통곡만 남기고 갔을까? 그해는 유난히 초상이 많았다. 가까운 벗을 네다섯 명이나 잃었다. 존경스러운 지인들이 세상을 떠났다는 것은 너도 머지않았다는 신호 같아서 안젤라는 심란하기 짝이 없었다. 그렇게 오래 노력했건만 별다른 변화도 없이 무위로 돌아가는 세상. 하긴 사는 거나 죽는 거나 별다를 바 없이 고통스러운 인간 세상이지만…….

커다랗고 붉은 단풍나무와 높다랗고 샛노란 은행나무 사잇길로 산책을 하고 있을 때였다. 전화가 걸려 왔다. 정 교수였다. 마침 점심때가 가까워지고 있어서 가까운 서점에서 만나기로 했다. 안젤라는 그 길로 버스를 타고 신촌으로 나갔다. 무슨 횡재인지 버스 기사가 가요도 뉴스도 아닌 클래식을 틀어 놓고 있었다. 더구나 슈베르트의 미완성 교향곡이었다. 덕분에 미친 여자가 노랗게 염색한 머리칼을 흩날리는 듯싶은 은행나무 아치 아래에서 버스의 흔들림에 몸을 맡긴 채 쓸쓸함을 지그시 억누를 수 있었다. 근사한 버스 기사는 베토벤, 브람스까지 틀어 주었다. 호사스러운 겨울은 시작되는데 사람이 없구나.

서점의 유리문을 밀고 들어가자 이미 정 교수가 와서 시집 코너를 구경하고 있었다. 가까이 다가가자 그는 몸을 돌렸다. 그런데 안젤라와 눈이 마주치자 눈시울이 빨개지는 것 아닌가. 둘 다 억지로 눈물을 삼키면서 점심이나 먹자고 밖으로 나왔다. 안젤라는 급격하게 수척해진 정 교수를 보고 가슴이 툭 떨어지는 듯한 충격을 받았다. 과연 이 사람이 그토록 믿음직스럽고 열정에 넘치던 연화의 남편이란 말인가? 정 교수는 사별의 고통에 시달리며 제대로 먹지도 자지도 못하는 기색이 역력했다.

「삼계탕 먹으러 갑시다.」

선배답게 몸보신시킬 생각부터 하며 안젤라는 오래된 음식점으로 정 교수를 끌고 갔다. 둘 다 삼계탕을 시켰지만 정 교수는 국물만 몇 숟가락 홀짝거렸고, 안젤라는 닭고기 살점을 끼적이다가 간신히 삼켰다. 두 사람 가운데에 연화의 생전 모습이 커다란 애드벌룬처럼 떠 있는 듯했다.

「커다란 연꽃 같은 후배였어. 선배라고 나한테 참 살갑게 대했는데, 내가 사는 게 영 고단해서 다정하게 돌봐 주지 못한 것이 후회되고 가슴 아파.」

정 교수는 웃어 보이려 하는데 눈물이 나오는지 얼굴이 묘하게 일그러졌다. 그가 꽉 잠긴 목소리로 대답했다.

「좋은 아내였어요. 매사에 바지런하고 성실했어요. 아내 덕분에 내 일생이 순탄하고 행복했어요. 다시는 그런 짝을 만날 것 같지 않아요. 우리 둘 다 가난한 집안 출신인 거 아시죠?」

「그럼 알지. 시부모도 빈민이었고 친정 부모도 가난했던 거 잘 알지. 맨손도 아니고 마이너스에서 신혼 시작한 것도 알아.」

「지금 이 정도로 안정되게 사는 거, 아내가 만든 기적이에요. 양가 부모님 봉양하다 네 분 다 호상 치렀고, 형제들 그럭저럭 자리 잡았고, 아들딸 번듯하게 길러 냈어요. 저한테는 과분한 아내였던 거 같아요. 이렇게 빨리 데려가시는 거 보면…….」

「응, 부부가 금실이 너무 좋으면 저승사자가 시기한다더라. 아이들은 이 충격을 잘 견뎌 내는지 모르겠네.」

정 교수가 고개를 떨구었다.

「아이들 다 컸어요. 오히려 저를 걱정하고 제 앞에서는 명랑하게 처신해요. 물론 각자 방으로 들어가면 문 잠가 놓고 우는 기색이지요. 큰딸은 엄마 살아 있을 때 예정했던 대로 유학 갈 거고, 작은아들은 회계사 시험을 준비하고 있어요. 잘될 거예요. 연화가 계획하고 노력한 일 중에 잘 안 됐던 일이 드물어요.」

짐짓 낙관적으로 이야기하면서도 정 교수의 얼굴이 검게 흐려지고 있었다. 아무리 컸다고는 하나 엄마를 잃은 아이들을 혼자 돌볼 일이 걱정인 듯했다.

「아이들을 생각해서라도 정 교수가 기력을 되찾아야지.」

「예. 탈상하면 다 잊으려고 했어요. 그런데 도무지 잊히지가 않아요. 못 해준 기억들 때문에 괴롭고, 행복했던 추억들 때문에 안타까워요. 무엇보다 그렇게 심하게 병든 것을 아무도 몰랐을 정도로 무심했던 점을 견딜 수가 없어요. 얼마나 고통을 참고 견디는 게 버릇이 됐으면 자기 몸 아픈 것도 모르고 죽기까지 일만 했을까? 집안일, 강사 일, 한시 공부…….」

「한시 공부를 했어? 처음 알았네.」

「워낙 시를 쓰고 싶어 했잖아요. 한시의 세계에 깊숙이 빠져서 8년이나 한시를 썼어요. 아내의 유고가 제법 돼요. 유고 정리를 해서 행장을 써야 할 텐데, 일이 손에 안 잡히네요.」

「행장? 행장이 뭐야?」

「일종의 전기죠.」

「아…….」

침묵은 오래가지 않았다. 안젤라가 편집장 경험을 바탕으로 아이디어를 풀어놓기 시작했다.

「우선 연화의 생애사를 쭉 써요. 사이사이 한시를 끼워 넣고. 한시 해설과 추억담을 간간이 섞어 가면서 3층 집을 짓는다고 생각해요. 이 작업은 한학에 통달한 정 교수 외에는 해낼 사람이 없겠어. 내가 도와줄 수 있는 부분은 연화에 대한 단편적인 기억을 한 꼭지 쓰는 정도일 것 같아. 특히 어용 연구소에서 노동 쟁의를 할 때의 모습을 생생하게 기억하고 있어. 그 부분을 부각해서 쓸 수도 있겠어요.」

「아내가 쓴 글을 읽다 보면 자꾸 눈물이 나요.」

「그야 그럴 수밖에 없지. 오히려 울어야 해요. 충분히 애도하지 않고 감정을 억누르면 나중에 더 힘들어. 슬픔이 풀리지 않고 쌓이면 한으로 남게 되거든.」

「작년에야 둘만의 휴가를 낼 수 있었어요. 여름 방학 때는 움막을 빌려서 숲 생활을 했고, 겨울 방학에는 암자를 빌려서 긴 이야기를 나누었어요. 앞으로 이런 시간을 많이 갖자고 했어요. 그런데 그게 마지막일 줄이야…….」

정 교수의 눈시울이 붉어졌다. 어린애처럼 옷소매로 눈물을 닦은 정 교수가 잠시 머뭇거리더니 어렵게 말문을 열었다.

「저, 여쭤볼 게 있는데…….」

안젤라가 뭐든지 물어보라는 뜻으로 고개를 끄덕였다.

「연화가 저 말고 다른 사람을 흠모했었다는 소문이

있던데…….」

어이구, 이 화상아. 안젤라는 저절로 나오려고 하는 말을 꾹 참았다.

「누구?」

「H라고…….」

「그 선배는 좋아한 게 아니라 존경했지. 시인이니까 시 쓰고 싶어 했던 연화가 문학을 배우려고 했던 거지. 오죽하면 나한테 중매 서주겠다고 몇 번이나 그러는 걸 내가 관두라고 그랬겠어?」

「그러면 K라는 사람은…….」

「누구?」

「노동 운동하던…… 깊은 사이였다고…….」

「에이, 누가 그따위 헛소문을 퍼뜨리나? K야 노동 쟁의를 같이했던 동지지. 여자도 동지가 있다고. 내가 철야 농성할 때 연구소에 가봤었어. 연화는 프락치일지도 모른다는 오해와 비방, 억눌림과 모함에서 일시에 해방되어 기쁜 표정이었어. 눈빛이 별처럼 반짝거리고 얼굴에 사과처럼 생기가 돌더라고. 목소리에 힘이 넘쳐서 손색없는 투사였지. 알다시피 그 연구소는 독재 정권이 좌지우지하던 곳이잖아? 뒷돈을 받아서 연구 결과를 왜곡하고 조작하는 일이 주된 업무였지. 연화가 그러더라고. 〈언니, 이제야 내가 제대로 살고 있다고 느껴요. 틀린 거 틀렸다고 말하는 게 이렇게 자유로운 일인 줄 몰랐어요. 해방이에요, 해방!〉 연화는 그때 해방감을 만끽하고 있었어. 덕분에 연구소에서 주동자로 몰려 해고됐지만…….」

안젤라는 해명하다 말고 기운이 빠져 가만있었다. 괘씸한 마음은 이내 사라졌다. 정만 잔뜩 두고 간 아내를 그렇게 의심해서라도 잊어버리고 싶어 하는 무의식적 몸부림을 감지했기 때문이다. 나쁜 추억보다 행복한 추억을 훨씬 많이 남기고 간 아내. 배반하지도 않은 아내를 배반했다고까지 착각하면서 필사적으로 잊어 보고자 하는 사별의 괴로움. 인간이 받는 스트레스 가운데 가장 큰 것이 전쟁과 고문, 그다음이 사별이라고 했다. 그렇다면 무슨 말로 위로할 수 있을 것인가? 다시 한번 언어의 무기력함을 느끼는 순간이었다.

두 사람은 자리를 옮겨 차를 마셨다.

「이제 아내가 없으니 못 뵙는 건가요?」

정 교수가 안젤라에게 물었다.

「필요하면 내가 유고 작업을 도울 수도 있고. 또 내

친구 판도라가 사별을 주제로 연극을 한다니 그때 함께 봐도 되고.」

안젤라는 정 교수에게 독신으로 건강하게 살아 낼 수 있는 비결을 알려 주었다. 끊임없이 일을 찾아서 하고 귀찮더라도 잘 씻으라 했다. 이어서 외롭고 약해진 틈을 타서 파고드는 사기꾼들을 주의하라고 당부했다. 두 사람은 악수를 하고 헤어졌다. 돌아서 가는 정 교수의 모습은 한없이 약하고 작아 보였다. 두 사람 사이에 앉아 있었던 연꽃 모양의 애드벌룬이 하늘 높이 솟아오르기 시작했다. 어용 연구소에서 노동 쟁의를 하던 때의 해방된 모습, 개운하고 힘차면서도 가볍기 한이 없는 모습으로 연화는 자유롭게 어디론가 날아오르고 있었다. 오래전부터 전해 오는 「제망매가」가 변함없이 애절하게 맴돌다가 먼 미래를 향해 유장하게 흘러갔다.

죽고 사는 길이 여기 있음에 두렵고
나는 간다 말도 못다 하고 가려는가
어느 가을 이른 바람에 여기저기에
떨어질 잎처럼 한 가지에 나고 가는 곳 모르누나
아으 미타찰에서 만날 나는 도 닦아 기다리리다

판도라

1. 푸른 태양

정말이구나. 태양이 타버릴 거라더니…….

안젤라는 얼마 전 신문 한 귀퉁이에 실린 토막 기사를 떠올렸다. 미국의 항공 우주국에서 발표한 내용이었는데, 조만간 태양계의 행성들이 일직선으로 놓임으로써 태양이 열을 받아 표면이 타버릴 거라고 했다. 그리하여 한동안 검거나 푸른 태양이 뜰 거라는 소식이었다. 먹고사는 데에 바쁜 사람들은 별 관심이 없었다. 그저 괴담 정도로 여겼지만, 안젤라는 무언가 심상찮은 징조가 있나 보다 염려했다. 기사에 따르면 북반구처럼 어둡고 음울한 날씨가 한동안 계속될 거라고 했다. 검은 태양이라…… 그건 적절하지 않아. 태양이 표면만 타버린다 했으니 푸른 태양이 더 어울려. 평소에 붉은 태양이니까 반대가 되면 푸른 태양이지.

그때 빵집 문이 열리며 손님이 들어왔다.

「어, 안젤라 아니야?」

같은 성당에 다니는 이웃이었다.

「예. 요즘 오후에는 여기서 아르바이트해요.」

「잘됐네. 아니, 잘된 건지 모르겠네. 작가가 글 쓸 시간에 막일을 해야 한다니…….」

「경험이죠, 뭐.」

손님은 딸 생일이라며 케이크를 샀다.

「안젤라 보면 공부를 잘했어도 전부 잘사는 건 아닌가 봐. 버젓이 대학 나와서 빵집 점원을 하다니.」

「작가들은 대부분 가난하잖아요?」

「그렇긴 해요. 내 딸도 미술에 소질이 있는데 걱정이야. 그나저나 판도라는 어디 갔어요? 요즘 통 안 보이네.」

「네? 그러고 보니 계속 못 만났네요. 제가 사는 게 바빠서……. 전화라도 해봐야겠어요.」

손님이 나간 후 안젤라는 창밖을 살폈다. 여전히 흐린 날씨였다. 회색 먹구름 속에 떠 있는 푸른 태양이 백색의 달처럼 보였다. 붉지도 푸르지도 검지도 않고 그저 하얀 가로등같이 창백했다.

모두 우울한가 보다. 지구인들이 견딜 수 있을까 걱

정스럽네.

날씨 탓인지 손님으로 북적거리던 빵집도 부쩍 한가했다. 안젤라는 그 틈을 타서 판도라에게 전화를 해보았다. 받지 않았다. 무슨 일이 있나? 조만간 판도라의 집에 들러 봐야겠다고 생각했다.

며칠 후에야 안젤라는 판도라 집에 들를 수 있었다. 아파트 현관문은 굳게 닫혀 있었다. 인기척이 끊긴 지 오래인 듯 현관문에 전단이 더덕더덕 붙어 있었다. 문 앞에는 신문이 쌓여 먼지를 뒤집어쓰고 있었다. 안젤라는 걱정되는 마음을 꾹 누르며 전단을 떼어 내고 신문을 챙겨서 경비실로 내려갔다. 경비는 별일 아니라는 듯 심드렁하게 말했다.

「여행 갔나 보죠. 워낙 지방 공연을 자주 다녀요.」

안젤라는 달리 할 말이 없어서 종이들을 건네주고 빵집으로 출근했다. 푸른 태양은 여전히 흐릿했고, 구름 낀 날씨는 벌써 일주일 넘게 지속되고 있었다. 빵집을 장식한 화초들이 시들시들 윤기를 잃어 가고 있었다. 물을 주면 썩을까 봐 걱정되고 안 주면 마를까 봐 염려되는 애매한 상태였다. 새로 나온 빵들을 보기 좋게 진열한 후 잠깐 틈을 봐서 판도라에게 다시 전화해 보았다. 역시 연결이 되지 않았다. 판도라의 옷 가게에 가봐야겠다고 생각했다.

안젤라는 극장에 딸린 옷 가게로 향했다. 거기서 안젤라를 기다린 것은 꺼멓게 불타 버린 극장의 흉물스러운 잔해였다. 온몸에 무서운 전율이 지나갔다. 오스스 소름이 돋으며 한기가 퍼졌다. 머릿속이 하얗게 탈색된 것처럼 아무 생각도 나지 않았다. 우두커니 서서 꼼짝하지 않는데 바람결에 머리칼이 날려 눈을 찔렀다. 그제야 눈물이 핑그르르 돌면서 겁이 덜컥 났다. 돌이켜 보니 주변에 판도라의 소식을 물을 만한 사람이 한 명도 없었다. 어떻게 소식을 수소문해야 할지도 알 수 없었다. 한참 넋을 잃고 서 있다가 터덜터덜 돌아섰다. 큰길 가까이에 편의점이 보였다. 안젤라는 편의점에 들어섰다. 우선 따듯한 커피 한 캔을 마셨다. 그래도 한기가 가시지 않았다. 컵라면을 사서 뜨거운 물에 불리며 지나가는 말투로 점원에게 말을 건넸다.

「여기 극장에 불이 났나 보네요. 연극 보러 왔는데요.」

「모르셨어요? 뉴스에 나고 난리였는데요.」

「인명 피해도 있었나요?」

「다행히 죽은 사람은 없고 다친 사람은 몇 되나 봅디다. 하지만 배우가 화상을 입으면 그거 치명적이겠죠. 보통 사람도 화상은 무서운 건데요.」

안젤라는 라면 국물만 훌훌 들이켰다. 그리고 점원이 못 보게 건더기를 감싸서 버렸다. 도저히 먹을 수가 없었다.

「다친 사람들은 어느 병원에 있대요? 몇 명이나 다쳤나요?」

「그건 모르겠어요. 어서 오세요.」

새로운 손님이 들어오자 점원의 관심이 그리로 향했다. 안젤라는 편의점을 나와 근처 카페에 들어갔다. 그리고 휴대폰으로 극장에서 가까운 병원들을 검색하기 시작했다. 크고 작은 병원이 열 군데나 있었다. 그제야 안젤라는 판도라의 이름을 모른다는 사실이 떠올랐다. 어처구니없었다. 친구 사이에 이름도 모르다니……. 무명작가인 안젤라도 별명이 서넛 되는데 판도라의 이름을 알기란 바다에서 바늘 찾기, 아니면 이산가족 찾기 수준일 듯했다. 도시에서의 관계란 얼마나 겉돌며 헛도는가. 안젤라는 새삼 깨닫지 않을 수 없었다. 뜨거운 유자차를 한 잔 더 마시고 터덜터덜 집으로 향했다.

인도 가까이로 나지막이 새 떼가 스쳐 지나갔다. 고개를 들어 보니 기러기 떼였다. 하늘을 보자니 짙은 회색 구름을 배경으로 대장 기러기를 따라 질서 정연하게 시옷 자를 그리며 너울너울 날아오르다가, 나지막이 내려앉다가, 오르락내리락 군무를 추며 아득히 멀어져 가는 기러기 떼가 아름답고도 서글프게 느껴졌다. 머릿속에서 구슬픈 노래가 맴돌았다. 그러나 입 밖으로 흘러나오지는 않았다. 자꾸 소름이 돋고 뜨거운 국물이 그리울 뿐이었다. 이상한 갈증이었다.

집으로 돌아오던 안젤라는 갈림길에서 우두커니 멈춰 섰다. 오른쪽으로 향하면 중대형 아파트가 모여 있는 판도라네 동네였고, 왼쪽으로 꺾으면 소형 아파트가 늘어선 안젤라네 동네였다. 갈림길에는 어느덧 뉘엿뉘엿 땅거미가 내려앉고 있었다. 안젤라는 오른쪽 길로 접어들었다. 그리고 고개를 들어 판도라가 사는 층을 올려다보았다. 역시 불이 꺼진 채였다. 아무도 없다는 것을 알면서도 아파트 입구에 들어섰다. 그때 안젤라의 시선을 잡아끄는 것이 있었다. 우편물이 가장 많이 꽂힌 채 방치된 우편함이었다. 안젤라는 경비원에게 자신의 신원을 밝힌 후 판도라네 우편함을 살펴봐도 되겠느냐고 물었다. 경비가 함께 보자고 했다.

홍보물과 고지서, 공연 팸플릿이 빼곡했다. 그 가운데 누렇고 두툼한 서류 봉투가 나왔다. 놀랍게도 받는 이가 안젤라였다. 보내는 이는 판도라였는데, 병원에서 보낸 것이었다. 안젤라는 흥분하고 감격해서 말이 제대로 나오지 않았다. 마치 외국인처럼 더듬거리며 받는 이가 자신이라고 설명하자 경비가 주민 등록증을 확인한 후 우편물을 내주었다. 안젤라는 서류 봉투를 안고 종종걸음으로 돌아왔다. 계단식으로 되어 있는 중형 아파트와 달리 안젤라네 아파트는 복도식이었다. 복도 끝까지 뛰다시피 해서 집 안으로 들어간 안젤라는 서둘러 봉투를 열었다. 공책 한 권이 나왔다.

2. 아버지는 풍각쟁이

어디선가 색소폰 소리가 울리는 것 같아. 「지상에서 영원으로」를 연주하고 있는 아버지가 보여. 아버지는 실향민이야. 지주의 아들로 귀하고 게으르게 자랐대. 예술적 재능, 그중에서도 음악적 재능이 뛰어나서 신식 악기들을 잘 다루었어. 피아노, 색소폰, 바이올린……. 간단한 타악기들도 잘 쳤고 국악에도 꽤 통달했어. 특히 색소폰과 퉁소를 즐겨 불었지. 전 재산이 몰수되고 목숨만 건져서 이남으로 내려온 아버지는 평생 처음 배고픔을 겪었대. 그래도 영어를 웬만큼 할 줄 알아서 미군 부대에서 일하는 행운을 얻었어. 사무원으로 일하는 틈틈이 악기를 연주해서 미군들의 인기를 한 몸에 받았다는 거야. 그때부터 아버지는 풍각쟁이로 불렸어. 오케스트라를 이끌어도 될 분이 전쟁 통에 풍각쟁이밖에 못 된 거지. 아버지는 미군 부대를 따라 이리저리 이동했어. 이북에 두고 온 아내와 아들이 있어서 결혼은 생각도 안 했지. 곧 통일이 되어 고향으로 돌아갈 거라 믿었나 봐. 흔한 이야기지, 흔한 삼팔따라지.

분단이 고착화된 후에야 아버지는 해방촌에 정착했어. 그러고도 한참 후에야 우리 어머니에게 늦장가를 들었지. 연애결혼이었는데 억센 반대에 부딪혔나 봐. 다행인지 불행인지 내가 들어선 상태였기 때문에 억지로 결혼이 성사됐대. 어머니는 고등학교를 졸업하고 중소기업 비서실에서 일하던 평범한 규수였어. 두 분이 어찌 만났는지는 몰라도 어머니가 아버지에게 홀딱 반했던 게 사실인가 봐. 나는 맏딸로 해방촌에 있던 조그만 적산 가옥에서 태어났어. 그 집에서 얼마나 오래 살았는지 돌이켜 보면 지긋지긋해. 그렇지만 다락의 다다미방과 그 방 창문에 비치던 달그림자는 아직도 그리워.

달이 뜨는 저녁이면 아버지는 가끔 색소폰을 불었어. 고향이 사무치게 그리울 때는 오래도록 퉁소를 불었지. 퉁소나 색소폰이나 흐느끼는 건 마찬가지였어.

지겨웠지. 몸은 여기에 있지만 한없이 방황하는 듯한 아버지의 영혼. 최초의 기억을 가지고 있어? 나는 최초의 기억이 이 막막함이야. 어둡고 축축한 공간에 나 혼자 서 있었어. 밤이었는지 새벽이었는지는 모르겠어. 아마 적산 가옥 마루였던 거 같아. 나는 자다가 깨어 방에서 나와 있었지. 다락의 다다미방에서 아버지가 피리 종류를 불고 있었어. 가냘프고 애틋한 관악기 소리가 슬퍼서 나는 흐느껴 울었어. 다락으로 통하는 계단은 어린 내가 기어오르기에는 가팔랐어. 막막했지. 가닿을 수 없는 아버지의 애절한 슬픔. 달빛이 희뿌연 가운데 안개가 낀 듯했어. 나는 울었어, 소리 없이……. 그때 어머니가 안방에서 나왔고 놀라서 나를 끌어안았어. 따듯한 어머니 살이 차가워진 내 몸을 폭 감쌌지. 나는 울음을 그쳤어. 거기까지야, 최초의 기억은.

아버지는 나름대로 재능을 발휘했어. 미군 부대에서 쇼나 뮤지컬을 연출한 거야. 덕분에 우리 세 자매도 아역으로 동원되어 어른들의 웃음과 눈물을 쏙 빼놓곤 했지. 어머니는 우리가 미군들 앞에서 재롱떠는 것을 싫어했어. 그 바람에 내가 중학교에 진학한 다음부터는 미군 부대 근처에도 안 가게 되었어. 험하고 굶주리던 시절에 보호받으며 곱게 자란 셈이야. 아버지는 품위 있는 분이었어. 어머니가 워낙 기품 있었거든. 끼리끼리 만난다고 두 분은 잘 어울렸지. 그러면 뭐 해? 몰락한 실향민으로서 생활인의 억척스러움이 없었어. 아버지는 미군 장교들과 댄스를 추는 막역한 사이였지만 야비한 돈벌이는 못 했어. 어머니도 미군 부대에서 나오는 물자로 장사를 했지만 다른 미군 아줌마들처럼 벌지를 못했어. 겨우 우리 세 자매 길러 내는 정도였지. 그놈의 실속 없는 품위.

내가 고등학생일 때 아버지가 술병으로 자리보전하고 누웠어. 저축할 여유 없이 그때그때 베짱이처럼 벌어먹기 급급했던 우리 가족은 당장 경제적 곤란에 빠지고 말았지. 나는 고등학교를 졸업했지만 대학은 엄두도 못 낸 채 취직을 해야 했어. 여자가 취직하기 몹시 어려운 시절이었어. 코끼리가 냉장고에 들어가려는 것만큼 힘든 일이었지. 다행히 풍각쟁이 아버지가 안면이 넓었던 덕분에 나는 방송국에 사무원으로 취직했어. 말이 사무원이지 커피 타고 카피하는 게 주 업무였지. 그러다가 우연찮게 단역 배우로 발탁됐어. 아버지의 예능 솜씨가 내게도 유전됐던 모양이야. 내 사무원

월급만으로 우리 집 살림을 꾸려 내기가 늘 빠듯하던 때였어. 내가 단역으로 발탁되자 어머니는 배우들 상대로 미제 보따리장수 일을 시작했어. 그렇게 아버지 병원비와 동생들 등록금을 댈 수 있었지. 둘째는 명석해서 일류 대학 영문과에 들어갔어. 막내도 여자 대학에 진학했고. 나? 나는 대학에 갈 필요를 느끼지 못했어. 방송국에서 하는 교육 프로그램에 참여하기 바빴거든.

비중 있는 주연급은 아니었지만 성격 배우로서 꽤 무게 있는 조연 노릇을 잘 해냈지. 나는 연기가 재밌었어. 그 당시 연극, 영화의 중심이었던 명동 일대를 학교처럼 드나들었지. 남산의 드라마 센터, 괴테 하우스, 명동 국립 극장, 카페 떼아뜨르……. 스타니슬랍스키식의 고된 신체 훈련과 대사 발성법 외에 간단한 극작법까지 배웠어. 선배들이 나보고 다방면에 재주가 많다고, 특히 각본을 잘 쓴다고 칭찬했어. 나는 한껏 고양돼서 열정을 바쳤어. 때로는 스태프 일도 마다하지 않았어. 조명, 분장, 음향의 기초는 모두 배웠지. 그러느라 20대 중반이 된 것도 모르고 있었어.

어느 날 방송국 로비에서 차를 마시는데 조 피디가

물었어. 너 시집 안 가냐? 애인이 없어요. 여태껏 뭐 했냐? 그렇게 열심히 싸돌아다니면서 애인 하나 못 만들고. 정 궁하면 나한테 시집오렴. 나는 화들짝 놀라서 조 피디를 쳐다봤어. 선배, 결혼 안 했어요? 응, 노총각이야. 그것도 몰랐어? 둔하긴……. 결혼 행진곡은 그렇게 울리게 된 거야. 시시할 정도로 순탄한 결혼이었지만 흡족했어. 조 피디가 믿음직하고 든든한 남편이 되어 주었거든.

하지만 결혼해서는 방송국 일을 할 수 없었어. 그 당시 여자들에게는 결혼 퇴직제가 있었잖아. 연극계에서도 유부녀를 쓰지 않았어. 남편은 나보고 살림이나 열심히 하고 틈나면 각본을 써보라고 위로했어. 마침 아이도 들어서서 그러마 하고 희곡을 열심히 읽어 댔지. 그러고 나서 「신혼」이라는 드라마 대본을 썼는데 그게 대박이 난 거야. 조 피디는 일류 연출가로, 나는 일류 드라마 작가로 대번에 부와 명성을 거머쥐게 되었지. 이렇게 일이 잘 풀리면 조마조마하지 않아? 언제 악마가 불행이라는 덫을 뒤집어씌울까 하고 말이야.

3. 고통의 빛깔

판도라의 공책을 여기까지 읽고 나자 안젤라는 지루한 기분이 들기 시작했다. 마치 학생들이 제출한 뻔하고 단조로운 생애사를 읽는 기분이었다. 안젤라는 공책을 휘휘 넘겨 뒷부분을 살펴보았다. 꼼꼼하고 알아보기 쉬운 판도라의 필체가 맨 뒷장까지 빼곡하게 차 있었다. 이제 반쯤 읽었군. 안젤라는 벽시계를 올려다보았다. 빵집에서 일하고 나서부터 기력이 달려 짬짬이 집안일을 해놔야 했다. 차 한잔 마시고 빨래 돌려 놓은 뒤에 다시 읽자. 잠시 쉬기로 마음을 정한 안젤라는 책상 앞에서 몸을 일으켰다.

차를 마시다 보니 집 안이 너무 고요한 것 같았다. 라디오를 켰다. 슈베르트의 「마왕」이 나오고 있었다. 참, 판도라가 아이를 잃고 이혼했다고 했지? 어디 보자……. 안젤라는 책상으로 가서 판도라의 공책을 가져와 주방 의자에 앉았다.

꽤 행복했던 신혼 생활 끝에 두 아이를 연년생으로 낳았어. 딸 슬기와 아들 평화. 그즈음 우리는 셋집을 벗어나 강남에 고급 아파트를 장만할 수 있었어. 역시 세 살던 시가에도 번듯하게 집 장만을 해드렸어. 나는 황금 알을 낳는 며느리로 불렸지.

그날도 아이들을 재워 놓고 거실에서 상을 편 채 대본을 쓰고 있었어. 얼마나 쓰기에 열중했던지 슬기가 깨어나 마루로 나온 것도 몰랐지. 뒤뚱뒤뚱 걷기 시작했던 슬기는 등 뒤로 와서 내 목을 감싸 안았어. 좀 귀찮긴 해도 일을 중단하고 안아 주어야 했어. 하지만 난 그러지 않았어. 글쓰기에 미쳐 있었거든. 엄마, 물. 슬기가 물을 달라고 했어. 어, 그래그래, 잠깐만……. 나는 몇 자 더 적기 위해 뭉그적거렸어. 머리와 가슴에서 언어가 폭포처럼 쏟아져 내리고 있었지. 물을 주려고 일어났는데 슬기가 보이지 않는 거야. 나는 그제야 펜을 내려놓고 거실을 두리번거렸어. 사방이 숨 막히게 조용했어. 고개를 돌려 보니 베란다 문이 열려 있는 거야. 애가 왜 갑자기 베란다로 나갔지. 그런 생각만 들었어. 슬기는…… 아무 데도 없었어. 그 조그만 아이가……. 8층이었어.

정신을 차려 보니 병원이었어. 응급실에서 남편은 갓난아기인 평화를 안고 무심히 나를 내려다보고 있었어. 아무 감정도 없이, 사람이 아닌 사물을 내려다보듯이……. 아, 어떻게 표현하면 좋을까? 대본이라면 배우의 연기로 처리할 텐데 글로는 자세히 표현이 안 되네. 슬기는 영안실에 있었어. 그 아름다운 아이가 두개골이 파열된 채 냉동고에서 얼음덩이가 돼서……. 이 이야기는 그만하자. 도저히 말로 못 하겠어.

안젤라는 구깃구깃하게 얼룩진 페이지를 내려다보았다. 고통을 빛깔로 표현하면 이렇게 물에 젖은 잉크 빛 아닐까? 안젤라는 담배를 피웠다. 그러고 나서 계속 읽어 나갔다.

슬기의 장례를 치르고 집에 오니 시어머니가 평화를 돌봐 주고 계셨어. 나는 곧바로 침대에 쓰러져 잠들었어. 얼마나 잤을까, 깨어나니 막막했어. 저녁인지 새벽인지 알 수 없는 어스름. 안개가 잔뜩 낀 것같이 뿌옇고 모호한 대기. 베개는 축축했고 온몸에 식은땀이 나고 있었어. 여기가 어딜까? 도대체 뭐가 잘못된 걸까? 그때 살짝 열어 놓은 안방 문틈으로 남편에게 쏟아붓는 시어머니의 말소리가 들렸어.

「그래, 맏며느리 잘 봐서 우리 집이 안정을 찾은 거 안다. 이렇게 번듯한 아파트를 두 채나 샀고, 시동생들 대학도 보냈고, 너도 방송국에서 승진했고, 너희 부부가 만든 가족 드라마 보면서 울고 웃는 시청자 쌔고 쌘 거 다 안다. 그렇다고 돈에 환장을 해도 유분수지. 독한 년. 글 쓴답시고 어린 딸이 허공을 헛짚어 떨어져 죽는 것도 몰랐다니……. 그런 어미도 다 있냐?」

남편이 무어라 대답하는 소리는 잘 안 들렸어. 나는 조용히 침대에서 일어나 욕실로 갔지. 샤워하면서 실컷 울었어. 문득 어디로든 떠나고 싶었어. 미국으로 이민 가서 살고 있는 가족들이 떠올랐지. 오랫동안 간 경화를 앓던 아버지가 돌아가신 후 동생들은 어머니를 모시고 미국으로 건너갔거든. 여기선 하루도 견딜 수 없다는 생각이었어. 한참 후 남편이 안방으로 들어왔지. 나는 미국의 친정에 가서 한 달만 쉬고 오겠다고 말했어. 좋을 대로……. 남편은 그렇게 말하고는 곧장 잠에 빠져들더군.

나는 한 달 있겠다던 미국에 석 달이나 있었어. 누구 눈치도 안 보고 시도 때도 없이 울었지. 수시로 슬기가 두 팔을 활짝 벌리고 뛰어와 내게 안기는 착각에 시달렸어. 다행히 친정 식구들의 극진한 보살핌 속에서 현실 감각을 잃지 않을 수 있었어. 한 달쯤 내리 울어서 눈물이 마르자 대륙을 횡단하는 버스를 탔어. 하지만 생전 처음 구경하는 미국도 아무 감흥을 일으키지 못했어. 그저 햇볕을 쬐는 게 좋았을 뿐……. 여행을 마치자 정신이 돌아오기 시작했어. 한 달쯤 더 쉰 후에 귀국했지. 그리고 공항에 마중 나온 남편을 보았을 때 우리 관계가 끝났음을 대번에 알아챘어. 그에게 다른 여자가 생긴 냄새가 났거든. 결혼이 신속했던 것처럼 이혼도 신속했지. 아들은 시어머니가 기르기로 했어. 절대로 나에게 아이를 맡길 수 없다는 이유였어. 나도 아이 기르는 일에 공포심이 생겨서 양보했어.

나는 혼자서 이 동네로 이사 왔어. 방송국을 피하고 싶어서 일부러 멀리 온 거였어. 하나뿐인 연극 전용 극장 옆에 옷 가게를 차렸어. 텔레비전 드라마와는 완전히 인연을 끊고 간간이 연극 무대에 섰지. 주로 상실의 아픔을 겪은 여성이 펼치는 모노드라마를 했어. 무대에서 혼신을 불태우는 연기가 나를 미치지 않게 해주었지.

그 막막한 날들 중에 연하의 남자를 만났어. 우리는 성격이 잘 맞고 말도 잘 통했어. 특히 맹목적이고 열정적인 섹스는 서서히 우울감을 가라앉게 했어. 나는 그와의 긍정적인 섹스 체험을 적나라하게 써서 책으로 펴냈어. 다시 화제의 인물이 됐지. 상처는 치유될 것 같았고 흥이, 희망이, 생명력이 생기는 듯싶었어. 그래서 재혼했지. 익숙한 농담처럼 재혼은 결혼 시절의 고통을 잊어버린 건망증 환자들이나 하는 짓이라는 거 오래지 않아 깨달았지만…….

그는 나와 결혼한 뒤 무명 배우에서 일약 스타덤에 올랐어. 섹시한 훈남 배우로 꼽혔지. 같이 일한 경험은 드물어. 그는 영화, 나는 연극 무대에서 만족했고 서로의 영역을 존중했어. 그는 인기를 얻으면서 몹시 바빠졌어. 늘 과로하면서 술을 즐겼지. 나는 배우라는 직업이 얼마나 과도한 중압감에 시달리는지 이해하고 있었어. 그래서 잔소리를 하지 않았어. 그는 밤늦게 술에 취해 돌아온 후 씻고 또 한 잔 마시곤 했어. 심지어 자다 깨면 몇 잔이나 마신 후 간신히 잠들었어. 항상 날이 서 있는 신경을 가라앉히려고 마셔 대는 거였지.

어느 날 그가 이상하게 일찍 귀가했어. 그는 고단하다고 곧바로 침대에 가 누웠어. 저녁밥 먹고 자라고 깨우니 부스스 일어났는데, 갑자기 토를 하지 뭐야? 깜짝 놀라 욕실에 데려가니 한참 토한 후 속이 안 좋고 어지럽다, 체했나 보다 했어. 나는 그를 부축해서 잠자리에 눕혔어. 그는 조금만 더 자겠다고 했어. 자고 일어나면 괜찮을 거라고. 그러고는 영영 깨어나지 못했어.

후회해도 소용없는 일이야. 그걸 알면서도 끊임없이 자책과 회한에 시달렸어. 평소에 할머니처럼 잔소리를 해대며 술을 못 마시게 할걸. 마구 토할 때 구급차를 불러 병원에 데려갔으면 돌연사를 막을 수 있었을지도 모르는데. 하지만 그토록 느닷없는 죽음을 누가 예측이나 했겠어? 후회, 자책, 한탄, 원망……. 온갖 부정적이고 어두운 감정에 시달리며 한세상 속절없이 늙어 가는 것뿐이지. 그런 인생살이의 막막함을 잘 드러낸 창이 있어. 안젤라가 옆에 있으면 불러 줄 텐데.

꿈이로다, 꿈이로다, 모두가 다 꿈이로다
너도 나도 꿈속이요, 이것저것이 꿈이로다

그래, 사람살이란 예측할 수 없는 모호함 속에서 온갖 희로애락을 겪어 내는 것이야. 갈등 없는 생명은 없어. 아픔 없는 생명도 없어. 인생의 괴로움이야말로 살아 있다는 유일한 증거일지도 몰라.

4. 지랄 총량의 법칙

여전히 푸른 태양은 대기를 허옇게 탈색시키고 있었다. 안젤라는 바닥을 닦은 후 나온 지 좀 지난 빵들을 모아 세일 품목을 만들었다. 쉴 틈 없이 일하는데도 잠시 앉을 틈이 없었다. 부부가 운영하는 빵집이었다. 오전에는 남자 사장이, 오후에는 여자 사장이 나왔다. 처음에는 개인이 운영하는 빵집으로 시작했다가 대기업들이 골목 상권까지 진출하자 살아남기 위해 대형 가맹점 점포로 갈아탔다. 그 후 빵집은 시도 때도 없이 북적거릴 만큼 잘되어 오전, 오후에 2교대로 아르바이트를 썼다. 오전에는 젊은 학생이, 오후에는 나이 든 안젤라가 일했다. 그렇게 한동안 잘되던 빵집이 요즘에는 소형 점포의 도전에 직면했다. 블루베리와 치즈 빵만을 만들면서 고급화, 소량화한 전문점에 고객을 뺏기기 시작한 것이다. 다품종 대량 생산의 프랜차이즈가 인기를 잃자 사장 내외의 안색이 나빠졌다. 안젤라는 공연히 주눅이 들어 눈치를 살폈다.

이제 아르바이트생을 쓰지 않고 사장 내외가 직접 카운터를 볼 거라고 제빵사가 귀띔해 준 게 며칠 전이라 각오는 하고 있었다. 하지만 이렇게 쉽게 잘릴 줄은 몰랐다. 일찌감치 나온 여자 사장이 일당을 계산해 주면서 이제 그만 나와도 된다고 말했다. 덤으로 세일용 빵을 두 봉지 쥐여 주었다. 각오했던 일인지라 안젤라는 덤덤히 받아들였다. 앞치마를 벗어 놓고 가게를 나서는데 피로감이 확 밀려들었다. 사는 일의 고단함이 어깨를 내리눌렀다. 집에 도착한 안젤라는 정신없이 잠에 빠져들었다.

인터폰이 울렸다. 편집장님, 사장님이 부르셔요. 비서 역할을 하는 총무과 직원의 전달이었다. 알았어요. 안젤라는 하던 일을 멈추고 자리에서 일어나 사장실로 향했다. 사장은 얼굴이 벌게진 채 책상 앞에 서 있었다. 안젤라는 조심스럽게 소파에 앉아 사장의 말을 기다렸다.

「이 원고를 우리 회사에서 내자는 거야?」

얼마 전에 검토한 원고 이야기였다.

「말도 안 돼. 날 감옥 보낼 일 있어? 궁정동의 여인들이라…… 장사는 되겠군. 우리 출판사 그렇게 큰 데 아니야, 기껏해야 중소기업이야. 상대가 될 싸움을 해야지. 위험 부담이 커. 작가가 누구지?」

「판도라요.」

「판도라?」

「예, 예전에 섹스 체험기를 내서 베스트셀러가 됐던 배우.」

「아, 알았어. 생긴 건 참한데 하는 짓은 당돌한 배우 말이지. 다른 출판사 알아보라고 해. 대신에 모델료 줄 테니 우리 잡지에서 촬영이나 하자고 해. 패션이라도 상관없고 누드면 더욱 좋고.」

사장이 나가라는 손짓을 했다. 안젤라는 원고 뭉치를 받아 들고 사장실을 나왔다. 그때 비상벨이 울렸다. 소방 훈련이니 직원들은 지하실로 대피하라는 사내 방송이 이어졌다. 안젤라는 엘리베이터를 타고 지하실로 향했다.

갑자기 오래전에 입원했던 정신 병동이 나타났다. 이

건 아니야. 다시 갇히기 싫어. 안젤라는 도망칠 생각으로 뛰기 시작했다. 무거워 보여, 내가 들어 줄까? 어디선가 소복을 입은 여인이 나타나 물었다. 누구세요? 정인숙이야. 박 정권 때 의문사한 정인숙? 놀란 안젤라가 원고 뭉치를 꽉 껴안고 방향을 틀어 도망쳤다. 거긴 벼랑이야, 그쪽으로 가지 마. 누구시죠? 저번에 봤잖아, 궁정동 피해자. 독일에서 여성학 공부하고 있지. 거짓말, 정신 병원에 있었으면서……. 누군가 안젤라의 어깨를 건드렸다. 돌아보니 장자연이 입꼬리를 들어 올린 채 서 있었다. 나를 잊지 말아 줘. 내 이야기를 써줘, 작가님. 여자들의 입이 동굴처럼 벌어졌다. 두려웠다. 안젤라가 진땀을 흘리는데 판도라의 목소리가 들려왔다. 안젤라한테 그러지 마. 보기보다 순진한 애야. 겉만 발랑까졌지, 실은 섹스 경험도 없는 애한테 그런 부탁을 하면 어떡해? 내가 써줄게, 판도라가……. 고마워. 안젤라는 판도라의 목소리가 들리는 쪽으로 몸을 돌렸다. 그러자 시커먼 어둠 속에서 온몸에 허연 붕대를 칭칭 감은 판도라의 모습이 유령같이 드러났다. 안젤라는 비명을 지르며 잠에서 깨어났다. 온몸이 땀으로 흥건히 젖어 있었다.

「악몽이야.」

자신에게 확인시키듯 중얼거린 뒤 안젤라가 비틀비틀 일어났다. 이미 어두워진 방 안의 불을 켜고 컵에 물을 따라 벌컥벌컥 들이켰다. 땀에 젖은 옷을 벗어 세탁기에 넣고 천천히 씻으면서 방금 꾼 꿈, 꼭 생시 같았던 장면을 곰곰 생각해 보았다. 내일은 판도라에게 가보자. 그 전에 판도라의 공책을 마저 읽고…….

안젤라, 혹시 지랄 총량의 법칙이라고 들어 봤어? 언젠가 작가들 모임에 우연히 끼었다가 어떤 소설가가 우스갯소리 하는 걸 들었어. 사람은 태어날 때 일생 동안 지랄할 일정량을 가지고 나온다는 거야. 사춘기 때 반항하고 말썽 피우든가, 청춘에 질풍노도로 방황하든가, 뒤늦게 사추기에 늦바람을 피우고 이혼을 하니 마니 난리를 치든가, 그것도 아니면 노추기에 추태를 부림으로써 일생 동안 지랄할 용량을 다 쓰고 간다는 거야. 그 자리에 있던 모두가 아인슈타인의 상대성 이론 이후 가장 큰 발견이라고 손뼉을 쳤지.

요즘 갑자기 그 생각이 났어. 줄곧 생각에 빠져 있거든. 내 인생에 무슨 의미가 있었나 곱씹어 생각하다 보니 늘 사색적인 안젤라가 보고 싶더군. 나도 슬기가 죽지 않았으면 현모양처로 살았을지도 모르지. 하지만 악마가 방해하는 통에 미치기 직전의 상황에서 살아내려고 섹스 체험기까지 냈어. 요동치는 영혼의 휘둘림에서 벗어나려는 몸부림이었는데, 여성의 해방을 위한 선언이라고 자신했던 거지. 재혼하고 안정을 되찾나 했더니 또 죽음이 남편을 빼앗아 갔어. 어쩔 수 없는 인간 운명의 한계 때문에 미칠 것 같았지만, 결국 미치지는 않았어. 아마 무대에서 힘과 열정과 광기를 남김없이 발산하기 때문일 거야. 그리고 공동 작업을 하니까 너처럼 혼자 소설을 쓰면서 느꼈을 절대 고독은 덜 겪은 셈이지.

안젤라, 나누고 싶은 이야기가 많아. 네 연락처를 알 수가 없어서 내 집으로 공책을 보내. 네가 발견할 수 있기를……. 이 편지를 받으면 병문안 와주기를 바라.

S 병원 ○○동 ○○○호

판도라가 우정을 보내며

5. 두 친구

여느 때라면 동틀 무렵이었다. 그러나 가는 눈비가 추적추적 내리고 있어서 사방이 어둑어둑했다. 안젤라는 부지런히 황태 죽을 끓였다. 그리고 깔끔하게 몸단장을 한 후 병원으로 향했다. 길을 건너는데 일하던 빵집 앞에 젊은이들이 오글오글 모여 있었다. 알바노조가 시위하는 중이었다. 동네 사람들이 빙그레 웃으며 지나갔다. 사장 내외는 혈압이 올라 벌게진 얼굴로 가게를 사수하고 있었다. 놀보 부부가 사방에서 스트레스를 받는군. 돈 많이 벌 때 인심 좀 써두지. 그렇게 인색하게 굴더니……. 안젤라는 시위 현장을 지나쳤다. 도무지 참견할 마음의 여유가 없었다.

북적거리는 6인실에 화상 입은 동료들과 같이 있으리라고 예상했던 것과 달리 판도라는 한적한 2인실에 혼자 있었다. 안젤라를 보자 웃으려고 했으나 울음이 터져 나왔다. 안젤라는 얼른 티슈를 여러 장 뽑아 주었다. 한참 눈물, 콧물 흘리던 판도라가 한숨 섞어 내뱉었다.

「깡순이가 죽었어.」

안젤라는 깡순이가 누군지 몰라 멍하니 듣기만 했다. 판도라가 연극배우답게 달변을 쏟아 냈다.

「깡순이가 화재 사고로 죽었다고. 독재 정권 치하에서 저도 당할까 봐 미국으로 도망쳤던 명배우 깡순이가 기어코 죽었다고. 평범한 주부로 자신을 숨기고 살면서 아들딸 낳아 잘 길렀어. 하지만 못다 이룬 꿈 때문에 늘 그막에 외로워지자 귀국해서 열정을 꽃피워 보려고 벼르다가 죽었다고. 미국에 살면서 솔직한 태도를 배워서 서슴없이 자기 생애사를 후배들에게 이야기해 주던 왕언니. 인생에서 후회되는 것과 잘한 것을 이야기하면서 사람이라면 해야 할 일과 하지 말아야 할 일을 가르쳐 주었던 대선배. 배우로서의 재능을 아깝게 썩히다가 모처럼 재기하려고 했는데 이렇게 허무하게 죽다니…….」

안젤라가 쓰레기통을 찾아 판도라의 발아래로 옮겨 주었다. 그러다가 비로소 판도라가 한쪽 발에 붕대를 칭칭 감고 있는 것을 발견했다.

「발을 다쳤구나.」

안젤라가 중얼거렸다. 판도라가 흥분을 가라앉히며 설명했다.

「내가 제일 경상이야. 얼굴에 화상을 입은 배우도 있어. 별 욕심 없이 재능과 열정만으로 사는 배우들이 왜 이렇게 끊임없이 고난을 겪어야 하는지 모르겠어. 이번에는 공연 중에 천장에서 조명기가 터지더니 무대부터 불이 붙는 거야. 무서운 기세로 삽시에 타는 바람에 어떻게 빠져나왔는지 기억도 안 나. 저마다 탈출하느라 아수라장이었는데, 깡순이가 선배답게 나서서 스태프들을 도와주었어. 그런데 다 나오고 나서야 깡순이가 사라진 걸 알아챈 거야. 모두 넋이 빠져서 선배를 못 챙긴 거지.」

판도라의 설명을 듣던 안젤라가 혀를 찼다.

「남들 도와주느라고 늦었구나.」

「소방대원이 재빨리 뛰어 들어가 업고 나왔는데, 이미 전신에 화상을 입은 후였어. 한동안 중환자실에서 고통스레 앓다가 엊그제 돌아가셨어.」

「영안실에 계시겠구나.」

「응, 사고 경위가 밝혀지지 않아서 장례도 못 치르고 있어.」

「가서 기도라도 해드려야겠네.」

「그래, 신이 있는지 없는지 모르지만 누구에게든 간절히 빌고 싶어.」

판도라가 또 울기 시작했다. 안젤라는 발의 화상 때문에 잘 움직이지 못하는 판도라에게 죽을 먹이고, 차를 타주고, 손빨래를 대신해 주었다. 그리고 실컷 울다 잠든 판도라의 옆 침대에 나란히 누웠다.

깜빡 잠이 들었는데 다시 악몽을 꾸기 시작했다. 간밤에 꾼 악몽의 연속이었다. 안젤라는 퍼뜩 눈을 떴다. 판도라가 목발을 짚고 화장실에 가려 해서 얼른 일어나 부축해 주었다. 머리를 감고 싶다 해서 머리도 감겨 주었다. 그제야 차분해진 판도라가 안젤라에게 그동안 어찌 지냈느냐고 물었다.

「빵집 아르바이트에서 잘렸어. 화재 사실을 알고는 계속 악몽을 꾸었어.」

안젤라는 악몽에 대해서 이야기했다. 판도라가 비로소 웃었다. 왜 그런 어울리지 않는 꿈을 꾸니? 연예계 현실도 잘 모르면서. 개꿈이야. 그런 꿈 말고 빵집 이야기나 써. 궁정동 이야기는 내가 쓸게.

판도라가 궁정동 피해자 중 한 사람을 만났던 이야기를 털어놓았다.

「S는 믿기지 않을 만큼 외모가 망가져 있었어. 정신과 약을 장기 복용한 티가 역력했지. 살이 엄청나게 찐 데다가 얼굴이 시꺼메져서 도저히 내가 알던 그 사람이라고 할 수가 없었어. 무섭더라.」

안젤라가 대답했다.

「한 남성이 젊은 여성들을 연쇄 성폭행한 사건만이 아니잖아? 거기에 무서운 권력이 작동하고 있었으니까. 인간의 본성과 운명, 역사와 권력 그리고 가부장제와 희생양으로서의 여성들……. 게다가 옛날이야기만도 아니야. 권력자들의 횡포에 크고 작은 성 상납은 계속해서 일어나고 있으니까. 현재 진행형의 살아 있는 비극이야.」

판도라가 쓰게 웃었다.

「병원에서 퇴원하면 아예 미국으로 이민 갈까 했어. 그런데 너랑 이야기하다 보니 사그라들었던 열정이 살아나는 것 같아. 영어도 못 하는 내가 미국에 가서 뭐 하겠어? 한국어로 공연해야지. 그 악몽, 내가 샀다. 멋진 희곡을 한 편 쓰겠어.」

판도라가 환자복 주머니에서 5만 원권 지폐 두 장을 꺼내 내밀었다. 안젤라는 빙긋이 웃더니 한 장을 돌려주었다.

「네가 공책에 쓴 이야기는 내가 살게.」

「뭐에 쓰려고? 그 시시한 생애사.」

「시시하지 않아. 사실은 내가 오래전부터 여성의 입장에서 괴테의 『파우스트』를 패러디해 보고 싶다는 생각을 꾸준히 해왔거든. 네 이야기에서 영감을 얻을 수 있을 것 같아.」

「세상에, 감히 『파우스트』를 패러디해 보겠다니……. 그런 오만하고 당돌하고 원대한 꿈을 가지고 있었단 말이야?」

판도라가 안젤라를 새삼스레 바라보며 환하게 웃었다. 고난은 끝나지 않았지만 온갖 절망을 뚫고 희망의 새순이 돋아나는 저녁이었다.

두 친구는 돌아가신 명배우 깡순이를 위해 기도를 바치려고 서로를 부축하며 영안실로 향했다.

옥수수를 찾아서

1. 폭염 주의보

「그리운 사람이 없어요?」

「예.」

「어째서?」

「제 청춘은 남자에 대한 실망에서 시작해 남자에 대한 절망으로 끝났어요. 진지하게 사귀던 성실한 관계는 조심스러워서 손도 못 잡아 보고 끝났어요. 그런데 스쳐 지나간 관계는 저를 성 노리개로 농락하려고 해서 절교하고 다시는 안 만났죠.」

「40년 동안이나 연애를 안 했어요?」

「예. 연애 따위는 안 했어요.」

정신과 의사는 잠시 침묵하다가 물었다.

「그러면 문자 그대로 일만 하고 지냈다?」

「예.」

「왜죠?」

「1979년에 긴급 조치 위반으로 구금된 후 정신병이 발병해서 연애할 여력이 없었어요. 투병하면서 30년 동안 직장 생활을 해내는 것만도 쉽지 않았어요.」

방어 기제가 철갑처럼 단단하구나, 그렇게 생각한 의사가 다시 물었다.

「안젤라 씨가 처음 상담 시간에 자기소개를 하면서 말했지요. 성적으로는 실연을 당했고, 경제적으로는 집이 압류를 당했고, 정치적으로는 고문으로 외상 후 스트레스 장애가 생겼다, 스무 살부터 스물다섯 살까지 짧은 청춘 시절에 연달아 충격적인 일을 경험해서 급성 정신병이 생겼다…….」

「예. 성폭력, 경제 폭력, 국가 폭력을 중층적으로 겪었죠. 가장 치명적이었던 직접 원인이 국가 폭력이고요. 알 수 없는 곳에 눈 가리어진 채 끌려가 혼자 갇혀 있었어요. 간첩 사건으로 엮어 볼까 해서 집요하고 교묘하게 고문했어요.」

「보통은 성적인 문제 하나만으로도 발병해요. 또 파산 하나만으로 앓기도 하고요. 고문도 발병의 원인이 되죠. 그 세 가지를 거의 동시에 겪었다면 버틸 수 없었을 거예요.」

「사람들이 그러는데 저는 생각보다 나약하지 않대요. 염체가 단단하고 강인한 기질이라고 하더군요. 오랜 세월 혼자 살아 내는 것만 봐도 알 수 있대요. 하지만 제 의지만으로 극복하기 힘들었던 거대한 벽을 만난 거죠. 결국 분단 체제를 악용한 국가 폭력 앞에서는 고꾸라지고 말았어요.」

「그러면 우선 성 경험부터 시작해서 가난을 극복해 낸 이야기, 정치적 피해 의식 순으로 상담해 볼까요?」

의사가 조심스레 제안했다.

「아니요. 선생님이 새로 오신 분이라 잘 모르시겠지만 저는 예전에 계셨던 선생님과 많은 상담을 했어요. 정신과 상담에는 한계가 있더군요. 내면적이고 심리적이고 유전적인 요소는 잘 다루어서 성 상담 부류에는 능하지만 경제적 곤란의 문제를 해결하기 어려운 곳이 병원이에요. 더구나 정치적 억압 같은 사회 문제를 다루기는 힘들더군요. 병의 직접 원인인 불법 연행과 감금 문제, 즉 국가 폭력은 막상 다루지 않고 병의 간접 원인, 즉 성적 문제만 파고드는 데에 질려 버렸어요. 아마 정신과는 대부분 프로이트의 영향 아래 있나 봐요.」

「프로이트는 세계 대전 직전의 타락한 부르주아 계급을 상대로 정신병을 연구했던 만큼 한계가 좀 있지요.」

「이렇게 술술 제 증상을 설명할 수 있기까지 정말 오랜 시간이 필요했어요. 처음 발병했을 때는 갑자기 마비된 사람처럼 일상생활이 불가능했어요. 먹고 씻는 일조차 못 하고 무기력하게 멍하니 누워 있기만 했죠. 저 자신과 남들에게 제 상태를 설명해 낼 수 있는 언어가 없었어요.」

의사가 고개를 끄덕였다.

「충격이 컸군요.」

「두려웠어요. 사상적인 혼란도 심했고 언어 분열도 심했고요. 감시, 미행, 도청된다는 불안과 피해 의식에 끔찍하게 시달렸어요.」

아까부터 이 환자는 언어를 이야기하고 있구나, 새삼스레 의식한 의사가 물었다.

「언어 분열이라면?」

「몇 날 며칠 잠을 안 재워서 정신이 없는 와중에 집중적으로 취조당한 게 언어였어요. 제가 쓴 소설에 암호가 있다는 거였어요. 예를 들면 〈우산〉이라는 말이 〈핵우산〉을 뜻하는 암호라는 거예요. 간첩 아니냐는 억지

취조였죠. 얼마나 지났을까, 갑자기 풀어 주더군요. 그래서 걸어 나오는데, 땅이 울렁거리고 건물의 벽이 곡선으로 구부러져 보이더라고요. 이미 발병했던 거죠. 그 후로는 제정신이 아니었어요. 앞서 말씀드린 대로 생활이 불가능했어요. 모든 언어가 암호처럼 느껴져서 뜻을 구별할 수 없게 되어 버렸죠. 기의와 기표가 헛갈리는 착란이랄까요? 말의 속뜻과 표기가 어긋나서 혼란스러운 연상 작용을 일으켰어요. 그런 연상 작용은 깊은 공포감을 바탕으로 했고요.」

의사는 아무 말도 할 수가 없었다. 못 알아들었는가 싶었는지 안젤라가 덧붙여 설명했다.

「그 사람들은 저를 기계 속에 넣고 갈아서 흔적조차 없게 만들어 버리겠다고 협박했어요. 엄청난 공포와 혼란을 이나마 설명할 수 있게 된 건 세월이 흐른 덕분이에요. 시대가 민주화된 덕택이죠. 그냥 민주화된 게 아니고 숱한 투쟁과 희생이 있었지만…….」

의사는 침묵을 지키고 있었다. 안젤라가 말했다.

「어쨌든 상담은 조금 하고 먹던 약을 계속 타갔으면 좋겠어요.」

「약 처방을 하려면 먼저 상담을 해야…….」

의사가 무겁게 한마디 했다.

「그렇죠. 그럼 약 타러 올 때마다 제 상황이나 심리 상태를 말할게요. 요즘은 내가 이렇게 광인으로 죽을 순 없다고 생각해서 적극적으로 공포와 맞서 싸우고 있어요.」

「공포와 싸운다면?」

「광장으로 나가는 거예요. 그래서 나를 병들게 한 국가 폭력, 공권력과 싸우는 거죠. 평화적으로 단식을 하고 촛불을 들어요.」

「위험한데…….」

「괜찮아요. 군부 독재 시절에 목숨 걸고 했던 저항 운동에 비하면 평화로운 비폭력 시위예요.」

「그런 위험한 행동을 하기보다는 나쁜 기억을 물리쳐 보세요. 좋고 행복했던 기억을 애써 떠올리는 거죠. 글 쓰시는 분이니까 행복했던 순간을 기록해 보면 좋겠네요.」

「아, 그것도 좋은 방법이 되겠네요. 써보죠.」

안젤라는 정신과 의사와 상담을 끝내고 병원 내부의 약국에서 처방 약을 받았다. 의약 분업 이후에도 사회적 편견이 심한 정신과 약은 병원 약국에서 직접 살 수 있었다. 다음에는 내분비 내과에 가서 당뇨병 진료를 받았다. 이번에는 처방전을 들고 병원 밖의 약국에 가서 당뇨 약을 샀다. 같은 만성 질환인데도 당뇨병은 이상하지 않고 정신병은 쉬쉬하고 싶은 게 일반의 정서 수준이었다. 정신병이 생긴 지 40년이 넘었다. 거기서 합병증으로 당뇨병이 파생된 것이었다. 안젤라는 외상 후 스트레스 장애로 시작해서 우울증을 거쳐 당뇨병에 이르기까지 합병증으로 인해 오래 절룩여 온 걸어 다니는 종합 병원이었다.

환장하게 무더운 날씨였다. 행정 안전부에서 연일 폭염 주의보를 문자로 띄우더니 어느새 폭염 경보로 바뀌어 노약자나 어린이는 외출을 자제하라고 안내했다. 태양이 폭발할 듯 이글거려서 대기는 한증막 같았고, 지열이 뜨거워 숨이 턱턱 막혔다. 온몸에서 땀이 줄줄 흐르는 통에 눈을 뜨기가 힘들었다.

그때 휴대폰이 울렸다. 막냇동생이었다.

「언니, 어머니 돌아가시던 해보다 더운 거 같아.」

「그래, 그때도 더웠어. 삼풍 백화점이 무너지던 해였지. 하지만 지금이 더 더워.」

「여기가 한국인지 동남아인지 모르겠어. 그건 그렇고 지금 시가에 와 있어. 근데 옥수수가 제철 만났어. 차지고 맛있어. 검은 찰옥수수가 유기농인데도 싸네. 그래서 우리 네 자매에게 한 자루씩 택배로 보냈어.」

「어머, 고마워. 덕분에 옥수수 제대로 먹어 보겠네.」

「더위 먹지 말고 건강하게 지내. 휴가도 못 가는 건강인데. 어디 특별히 아픈 데는 없어?」

「응, 고만고만해. 더했다 덜했다…….」

「됐네. 소설은 쓰고 있어?」

「잘 안 되네.」

「달달한 로맨스를 써야 팔릴 텐데……. 만날 양극화가 어떻고 민주화가 어떻고 민중이 어떻고 하니 재미가 없지. 요즘 사람들 그런 문제에 관심 없어. 그냥 아무 생각 없이 즐기려고만 해. 여기도 이제 술집이니 모텔이 들어서서 다 망가졌어. 예전 시골이 아니야.」

「그래.」

안젤라가 힘없이 대답했다.

「어쨌든 맛있게 먹고 힘내. 적어도 팔십까지는 살아야 제대로 된 글이 나오지.」

막냇동생이 격려인지 지적인지 모를 이야기 끝에 전

화를 끊었다. 안젤라보다 열 살이나 어린데도 결혼을 하고 자식을 키워 그런지 현실적인 지혜가 많았다. 조금 덤벙대는 성격에 속정이 깊고 귀여운 깍쟁이였다. 그 깍쟁이가 옥수수 한 자루를 보냈다니 엄청 인심 쓴 거다.

하긴 어릴 적, 그러니까 집이 압류되기 전에는 『작은 아씨들』처럼 즐겁게 살았던 철부지 소녀들이었다. 양수 같이 따듯한 보호막 안에서 알콩달콩했던 성장기. 막냇동생은 열 살에 집이 압류되는 아픔을 감내해야 했다. 그 후 오래도록 안젤라가 가장 노릇을 했지만 무릇 내리사랑이라고, 어쩌다 동생이 언니 생각을 해주면 눈물 나게 고마웠다.

한 자루에 몇 개나 들었으려나? 혼자는 다 못 먹을 테니 조금씩 나누어 먹어야겠다. 누구와 나누어 먹을까? 안젤라는 신이 나서 옥수수 파티를 할 계획을 세우며 집으로 향했다. 이웃들은 안젤라에게 매사에 헤프게 퍼주지 말라고 충고했다. 하지만 안젤라는 생각이 달랐다. 홀로 살아가는 안젤라에게 나눔이란 외로움을 덜어내고 이웃과 어울리면서 소설 소재를 얻기도 하는 귀한 경험이었다.

2. 부활의 기억

사철 내내 나무가 푸른 동남아시아에서 온 분에게 한국의 첫인상을 물었다. 겨울에 도착했는데 나무들이 다 죽어 있어서 놀랐단다. 혹시 한국이 그사이 핵폭탄을 맞아 멸망 직전에 있는 건 아닌가 두려웠단다. 그런데 사람들이 아무렇지도 않게 살아가고 있어서 이상했다. 그러다 봄이 와서 죽은 나무들이 새싹을 피워 내는 것을 보니 눈물이 나며 온몸이 가늘게 떨리더라 했다. 부활이라는 게 이런 거구나.

온대에서 슬픈 아열대로 여행을 하고 온 사람에게 소감을 물었다. 거리가 지저분하고 사람들이 게을러서 실망했는데, 혹독한 더위를 겪고 난 후 그럴 수밖에 없는 이유를 깨달았다고 했다.

이강백의 희곡 가운데 「내가 날씨에 따라 변할 사람

같소?」라는 작품이 있다. 그러나 안젤라는 날씨에 따라 기분이 크게 달라지곤 했다. 한국인지 동남아인지 구별이 안 가는 무더위 속에서는 정신이 더욱 산만했다. 얼마 전 사회 운동에 참여한 경험을 소재로 단편소설을 써내라는 청탁을 받았는데, 애증이 묘하게 얽힌 감정 상태를 말하기는 싫어서 사건 위주로 기술하다 보니 완전히 영웅담이나 무협지 같아서 도무지 소설답지 않았다. 안젤라는 짜증을 내며 박박 찢어 버린 후 맥없이 누워 있었다.

머리가 빠개질 듯이 아팠다. 마치 스물다섯 살 처음 발병할 때로 돌아간 것 같았다. 갑자기 폭격이라도 맞은 듯 깨진 유리창, 그것이 안젤라의 정신세계였다. 오랜 세월이 흐르면서 깨진 유리 조각을 퍼즐 맞추듯이 붙인 후 온갖 그림물감으로 채색한 모자이크, 그것이 안젤라의 예술 세계였다. 채색을 안 한 모자이크처럼, 깨진 유리창 그 자체처럼 날카롭고 위태로운 고통을 묘사해 본 적도 있었다. 흉물스러웠다. 이를테면 해부된 시신처럼…….

장을 담그듯이 오래오래 묵힌 습작 원고들이 키 높이를 넘어갈 때 문단 말석에 끼게 되었지만 그뿐이었다.

진실, 진짜…… 그것을 써낼 재주가 없었고 써낼 도리도 없었다. 자신이 왜, 어떻게 해서 이런 지경이 됐는지 안젤라도 몰랐으니까. 도대체 진실이 무엇인지 알 수 없었다.

안젤라는 외출을 준비했다. 어떻게든 움직여야지 계속 처지면 다시 미쳐 버릴 것 같았다. 신도시를 벗어나 서울로 가는 버스를 탔다. 버스 안에서는 에어컨 바람 덕분에 정신이 났다.

스물세 살, 갓 졸업하고 처음 발령받은 곳은 산동네에 있던 중학교였다. 지독히 가난하고 외롭고 고민스러웠다. 그래서 안젤라는 민중 교회에 나갔다. 얼마나 열심히 다녔던지, 나중에는 주말마다 자신의 자취방을 개방해서 청년 모임을 할 정도였다. 안젤라의 자취방에는 눈빛이 형형한 청년들이 드나들기 시작했다. 이들은 당시의 유신 독재에 깊은 우려를 표했고, 비밀리에 저항 운동을 조직해 나갔다. 주말이면 유인물이 한 장씩 나왔다. 동일방직, 원풍모방, 콘트롤데이터, YH무역 등 노동 현장의 소식, 함평 고구마 사건 등 농민 운동 소식, 경기도 광주 대단지 등 빈민 운동 상황, 각 대학의 집회와 시위 현황……. 안젤라의 자취방에 가면 당시 언론에서 보도 통제를 했던 저항 운동에 관한 소식들을 알 수 있었다. 자취방 예배, 자취방 데모의 시작이어서 서울 구로동에는 곳곳에 자취방 아지트들이 생겨나기 시작했다.

그렇게 한 해 남짓 비밀리에나마 활발하게 활동하다 보니 더 큰 공간이 필요했다. 본격적인 노동 교회를 시작하려면 목돈이 있어야 했다. 그래서 교회 청년들은 일일 찻집을 열기로 했다. 안젤라는 열성적으로 친구들에게 일일 찻집 표를 팔았다. 그러다 전북 전주에서 열리는 기독 청년 대회에 참가하게 됐다.

전주로 내려가는 버스 안에서 안젤라는 교회 청년들과 함께 세상을 고민하는 노래는 다 불렀다. 세상 고민을 잔뜩 떠안은 청년들이었지만 명랑하고 낙천적이었다. 다 함께 노래를 부르며 시끌벅적하게 떠드는 모습은 마치 덩치만 큰 유치원생들 같았다.

전주 대회장에는 여러 가지 플래카드가 걸려 있었다. 그리고 비닐하우스 캠핑촌이 마련되어 있었다. 청년들은 캠프 안으로 들어가 모듬별로 자리를 잡았다. 안젤라는 청년치고는 두세 살 나이가 많은 직장인인지라 그들 사이에 열심히 끼지 않고 호기심에 빛나는 눈으로 캠핑촌을 어슬렁거렸다. 그때 목에 카메라를 멘 남자가 큰 소리로 안젤라를 불렀다.

「어이, 예쁜 여학생, 모델 좀 서요. 사진 좀 찍게…….」

처음에 안젤라는 자기를 부르는지 몰랐다. 그러다 자신을 향해 손짓하고 있는 기자를 보자 은근히 화가 났다. 여기까지 와서 저런 소리를 듣게 될 줄이야……. 그래서 대뜸 따졌다.

「저 부르시는 거예요? 저는 학생도 아니고 모델도 안 서요.」

「예뻐서 콧대가 세시군.」

기자는 벌써 사진을 찍어 대고 있었다. 할 수 없이 안젤라가 쓰게 웃었다.

「웃는 게 더 예쁘네.」

기자는 비위 좋게 안젤라를 웃기면서 요리조리 풍경에 맞추어 사진을 찍어 대더니 더 젊은 여성이 나타나자 잽싸게 그리로 달려갔다.

싱거운 놈……. 안젤라는 그제야 정신을 차리고 오가는 청년들에게 일장 연설을 하다시피 하며 노동 교회 건립을 위한 일일 찻집 표를 팔기 시작했다. 날이 저물 즈음에는 거의 백 장을 소화했다. 전도사에게 판매 대금을 모아다 주고 그제야 토론에 참여하려고 보니 이미 파장하고 뒤풀이가 벌어지고 있었다. 어디에 낄까 망설이고 있는데 노동 청년들이 합석하라고 손짓을 했다. 프레스에 손가락 두 개가 잘린 청년 옆에 앉아 슬픈 노래를 배웠다.

> 서방님의 손가락은 여섯 개래요
> 시퍼런 절단기에 뚝뚝 잘려서
> 한 개에 5만 원씩 20만 원을
> 술 퍼먹고 돌아오니 빈털터리래•

이튿날 새벽, 일행은 두 팀으로 나뉘어서 길놀이를 시작으로 〈유신 철폐! 독재 타도!〉를 외치며 전주 시내를 한 바퀴 돌았다. 갑자기 허를 찌른 시위에 놀라 전주 경찰들이 달려왔다. 부근의 병력도 속속 도착했다. 두 명이 모여 정치 이야기만 해도 집회 및 시위법 위반으로 잡혀가던 유신 독재 치하에서 숨죽이고 살아오다가 오랜만에 목청 높여 구호를 외치자니 안젤라는 가슴이 펑 뚫리고 숨쉬기가 편했다. 정말로 가슴 벅찬 해방의

• 김민기, 「야근」(공장의 불빛, 서울음반, 1979).

행진이었다. 긴급 조치 9호 아래에서 최초로 벌어진 커다란 시위였다.

5백 명이 넘던 시위대는 경찰과의 충돌을 피해 큰 교회 건물 안으로 들어갔다. 농성이 시작되었다. 학교를 그만둘 형편이 아니었던 안젤라는 2박 3일째 되던 날, 눈물을 머금고 농성장을 빠져나왔다. 아무도 말리지 않았다. 누구나 안젤라는 교직을 유지하며 후원 세력으로 남는 것이 낫다고 판단한 것이었다.

3. 잊힐 수 없는 시간들

안젤라가 버스 안에서 차창 밖을 보며 하염없는 추억에 빠져 있는데, 휴대폰이 숨 가쁘게 울렸다. 반사적으로 흠칫하며 조심스레 전화를 받으니 택배 기사였다. 옥수수를 가져왔는데 집에 안 계시니 어찌할까 물었다. 안젤라는 별생각 없이 경비실에 맡겨 달라고 부탁했다.

광화문 광장에는 천막 농성장이 연이어 세워져 있었다. 세월호 희생자들을 잊지 않고 진상 규명을 해내자는 다짐들이 날씨만큼이나 뜨겁게 끓어오르고 있었다. 이순신 장군 동상이 있는 입구에서 서명을 한 후 세종대왕 동상이 있는 데까지 늘어선 천막촌을 둘러보았다. 단식하는 유가족들, 동조 단식에 나선 시민들, 행사 때마다 자원봉사하는 예술인들, 지식인들, 종교인들……. 미술 단체의 설치 작품들을 살펴보는데, 누군가 아는 체하며 인사를 했다. 동조 단식 중인 동료 작가였다.

작가들 천막에 앉아 있는데 1970년대 말의 깨어진 기억들이 드문드문 떠올랐다. 앞뒤 순서 없이 떠오르는 기억의 단편이었다.

시시각각 감시망이 조여 오던 즈음에 여러 사건들이 겹치는 바람에 구로동에 있던 안젤라의 자취방은 폐쇄되었다. 안젤라는 친척 집에 들어가 하숙을 시작했다. 매일같이 유신, 충효, 반공 교육을 하고 그 성과를 교안에 빨간 글씨로 적어 제출하라는 상부 지시에 분노하고 있었다. 퇴근 후에는 지금은 한국 교회 백 주년 기념관이 된 건물에서 연극 조연출을 했다. 기독 청년 대회에서 만난 청년들과 외국 유학을 다녀온 연극 전공의 교수와 함께 장막 퍼포먼스를 연습했다. 손가락이 잘린 노동자가 예수 역을 맡았다. 기다란 보라색 천 네 개가 그의 몸을 묶었다. 그 천들을 사방에서 잡아당기는 병정들에 의해 무대 위에 거대한 십자가가 만들어졌다.

하루는 서울시 경찰청에서 학교로 전화가 왔다. 무슨 일이야? 교장이 얼굴이 파래져서 물었다. 안젤라는 침착하게 대답했다. 별거 아니에요. 제 친구에 대해 물어볼 게 있대요. 수업 다 끝내고 다녀올게요. 수업을 마친 후 이른 오후에 교정을 나서면서 안젤라는 연못에 핀 연꽃들이 참 예쁘다고 감탄했다. 콧노래까지 부르며 기분 좋게 시경에 도착해서 명랑하게 인사하고 조사실로 들어갔다.

「○○을 아느냐?」

「아, 손가락 잘린 예수. 알아요.」

「모월 모일 모시에 데모를 선동해서 여기 잡혀 와 있는데?」

「아닌데…… 그 시간에 저랑 연극 연습하고 있었는데요.」

「좋아, 당사자를 불러 보지.」

문이 열리더니 손가락 잘린 예수가 들어왔다.

「이 사람 맞아?」

「맞아요. 저랑 연극 연습했어요.」

「선생님이죠?」

「예. 방과 후에 조연출을 했어요.」

「앞으로 조심하세요.」

「예.」

안젤라는 여전히 콧노래를 부르며 시경에서 나왔다. 손가락 잘린 예수는 풀려났고, 그 일이 소문이 난 모양이었다. 2년 차밖에 안 된 평교사가 무슨 힘이 있다고 운동권 친구들이 데모하다 잡혀가면 뻔질나게 전화를 해댔다. 나중에는 학교에서 화를 내기 시작했다. 우리는 6·25 때도 4·19 때도 5·16 때도 난리를 겪었어요. 교사와 학생들이 좌우로 나뉘어서 싸우고 죽이고 말도 못 했어요. 다시 혼란을 겪고 싶지 않아요. 이사장님이 감싸지 않았으면 벌써 해고됐을 거예요. 좀 조심하세요. 위험한 일 좀 하지 말라고요.

그러다 안젤라는 국제기구에서 하는 회의에 참석하게 됐다. 거기서 안면이 있던 외국인 외교관을 만났다. 그는 이 지독한 독재 치하에서 왜 한국인들은 전혀 저항하지 않느냐고 물었다. 안젤라는 자존심이 상해서 대답했다. 왜 저항을 안 하겠냐, 보도가 안 돼서 그렇지. 그랬더니 그는 동아 자유 언론 수호 투쟁 위원회를 지원하는 백지 광고 같은 눈에 보이는 증거가 있느냐고 물었다. 가능하면 자료를 구하고 싶다고 했다. 안젤라는 알았다고 대답했다. 그리고 자취방 예배를 보는 동안 모아 놓았던 유인물들과 새로 구한 유인물들을 한데 모아 큰 서류 봉투에 담았다. 얼마 뒤 외교관을 만나 저녁을 함께하면서 자연스레 건네주었다. 군부 독재 치하에서 발각되면 처형될 수도 있었던 일을 태연하고도 대담하게 해낸 후 가볍게 잊어버렸다.

모교의 대학에서는 후배들에 의해 큰 시위가 연달아 벌어졌다. 경찰에서 계속 안젤라를 찾는 전화가 오자 교장은 안절부절못하고 나가 달라고 애원했다. 게다가 이사장의 딸인 교감마저 대학원에 진학해 보라고 권했다. 안젤라가 가르치는 학생들은 연달아 문제를 일으켰다. 중학생들이 그 어린 나이에 임신을 하고 낙태를 하고 자살을 시도하는가 하면, 가출을 하고 도둑질을 하고 패싸움을 했다. 하루도 조용한 날이 없었다. 교사들은 매타작을 해대고 촌지를 받았다. 안젤라는 폭력이 악순환하는 학교 분위기를 도저히 참아 낼 수 없었다. 고단하고 피곤했다. 조용히 책을 읽고 소설을 쓰고 싶었다. 이미 주체할 수 없을 만큼 많은 이야깃거리가 머릿속을 꽉 채우고 있었다.

해고가 먼저였는지 잡혀간 게 먼저였는지 기억이 희미했다. 광화문에서 대규모 시위를 했던 것도 그즈음이었다. 안젤라는 예전에 자신에게 모델 하라며 사진을 찍어 댔던 기자를 찾아가서 제발 시위 사실을 보도해 달라고 부탁한 뒤 분식집에 앉아 멍하니 창밖에서 벌어지는 시위를 내다봤다. 시위 사실이 한 신문에 단신으로 보도됐고, 그 기자는 해직된 것으로 알고 있다. 별것도 아닌 일에 목숨을 걸어야 했던 야만의 시절이었으니까.

이런저런 기억이 떠오를수록 40여 년 전과 현재가 뒤죽박죽되는 느낌이었다. 세월이 흐르긴 한 걸까? 독재자의 딸이 대통령을 하고 있으니 변한 게 거의 없다고 봐야 하지 않을까? 다만 그때의 진압은 무서운 폭력이어서 억지로 아무나 잡아 가뒀지만, 지금은 비폭력 시위의 규모가 하도 커서 함부로 진압하지 못한다는 게 다르긴 달랐다.

천막에서 꾸벅꾸벅 졸고 있자니 누군가가 안젤라를 불렀다. 고개를 들어 보니 모교 후배였다.

「선배, 행진 안 해요?」

「어, 하지 뭐.」

국회 의원들과 지식인들이 플래카드를 펼친 후 앞줄에 섰다. 민주 인사들과 역전의 투사들이 저마다 피켓을 들고 이어 섰다. 예술인들과 시민들이 구호가 적힌 팻말을 들고 따라 걸었다. 시위대는 드넓은 광화문 광장을 한 바퀴 도는 동안 줄기차게 세월호 진상 규명을 침묵으로 외쳤다. 광장 둘레에는 경찰들이 빼곡 둘러서 있었다. 첫걸음을 뗄 때 안젤라는 은근히 겁이 나고 떨렸다. 경찰들이 덤벼들어 마구잡이로 때리거나 잡아가면 어쩌나 두렵기도 했다. 1979년 봄의 기억이 겹쳐졌다. 깜깜한 새벽에 형사들이 방문을 부수고 쳐들어와 어딘지도 모르는 곳으로 끌려갔었다. 그날의 극심한 공포가 되살아나려 하고 있었다. 그때마다 함께 행진하는 일행들을 돌아봤다. 다행히 세상이 바뀐 부분도 있어서 평화적인 침묵시위는 함부로 진압하지 않았다. 안젤라는 그 넓은 광화문 광장을 무사히 다 돌 수 있었다. 해냈다!

돌이켜 보니 안젤라는 자신이 왜 이리 결사적으로 싸우고 있는지 이제야 이해가 갔다. 그동안 투쟁 현장에 쉬지 않고 지원을 나간 이유가 뭘까? 나가서 머릿수나 채워 주는 역할을 왜 그리 열심히 한 걸까? 자신의 내면이 궁금하던 참이었다. 나는 왜 싸우고 있는 걸까?

욕망 저하증과 싸우고 있는 안젤라에게 정치적 야심이나 영웅심, 명예욕 같은 것은 거의 없었다. 다만 사회 모순에 대한 참을 수 없는 분노가 있었다. 부당하다!

이 사회의 기득권층은 썩었다! 도저히 가만있을 수 없다! 성난 마음과 그보다 더 깊은 내면에는 공포심이 있었다. 뭉클거리는 거대한 두려움의 응어리. 그래, 결국은 두려움과의 싸움이었구나. 생명을 겁주고 위협하는 부당한 힘과의 싸움이었어. 갖가지 폭력, 가난, 억압으로부터 벗어나려는 자유와 해방을 위한 긴 행진이었다. 부당한 노예 상태로부터 해방되어 풍요로운 이상 사회로 향하는 여정. 자유, 평등, 사랑의 민주 사회를 위한 기나긴 여정. 모세와 출애굽이었다.

그러자 우스운 기억이 떠올랐다. 1978년에 모교 출신의 여학생 모임이 있으니 나오라는 이야기를 들었다. 나가 보니 여학생들이 모여 스터디 그룹을 하자고 입을 모았다. 유신 체제의 모순을 심각하게 느끼고 있으나 무엇을 목표로 어떻게 싸워야 할지 감이 덜 잡힌다는 것이었다. 그리하여 스터디 목록을 짜는데 일주일에 책을 두 권씩 읽어 내야 하는 강행군이었다. 직장인인 안젤라는 두 손 두 발 다 들었다. 직장 생활을 하면서 이렇게 과중하게 공부하기는 불가능해. 한 달에 한 권 읽어 내기도 바쁜데……. 그러면 언니는 느슨하게 읽고 싶은 책만 골라 읽어. 그리고 회비 관리나 하면서 우리의 든

든한 후견자가 되어 줘. 안젤라는 이의를 제기하지 않고 통장 관리를 맡았다. 그리고 모임의 이름을 결정하자는 말이 나왔을 때, 안젤라는 즐겨 부르던 찬송가가 떠올랐다. 〈가라, 모세〉로 하자. 에이, 모세라는 성인의 이름을 따면 불경죄로 반감을 살 수도 있어. 그러면 〈가라, 열 명〉으로 하자. 오늘 모인 사람이 열 명이네. 그래, 좋아. 〈가라, 열 명〉이니까 〈가라열〉로 하자.

가라열은 무슨 연맹, 무슨 회의, 무슨 전선, 무슨 연합 같은 모임이 성행하던 당시에 최초의 우리말 이름으로 많은 일화를 남기게 되었다. 이를테면 여학생 주도로 대규모 시위를 성공시켜 유신 체제를 당황하게 했다든가, 또 여학생들이 모여 반미 시위를 벌였다든가 하는 것들이었다. 어쨌든 가라열 모임 이후 여름 방학이 왔다. 안젤라는 휴가차 후배들과 농촌 봉사 활동을 떠났다.

그러나 느슨하게 떠난 농활은 엄청난 강행군이었다. 안젤라는 고된 노동으로 혼이 쏙 빠졌다. 그때 농활 대장이 고인이 된 김의기 열사였다. 파김치가 되어 돌아오는 버스 안에서 김의기 열사가 녹초가 된 안젤라를 보고 웃음을 참지 못하던 장면이 날로 새로웠다. 생글

거리던 순수한 눈빛의 청년 운동가 김의기. 안젤라는 그 후배를 생각하면 목이 콱 메어 왔다. 김의기 열사는 광주의 참상을 목격하고 진상을 알리려다가 산화했다. 그들은 순수했으므로 죽었다. 살아남은 자들은 늘 죄스러웠고, 먼저 간 열사들에 대한 부채 의식에 시달리지 않을 수 없었다.

아, 이야기가 앞서 나갔다. 안젤라는 광주 항쟁 이전에 잡혀갔고, 고문을 당했고, 미쳤다. 그래서 모든 것을 잃었다. 직장, 건강, 미래……. 다만 지독하게 지켜 낸 것이 있었다. 모두의 명예와 목숨이었다. 형사들은 잠을 재우지 않고 협박했다. 너 같은 거 하나 휴전선에 끌고 가서 쥐도 새도 모르게 없애 버릴 수 있어. 사라진다는 것이, 죽은 줄도 모르게 죽는다는 것이 두려웠다. 온몸이 덜덜 떨리고 입속이 메말랐으나 화장실에 자주 간다고 물을 못 마시게 했다. 괴롭다. 여기까지만 이야기하자.

4. 헤매는 옥수수

몹시 고단하다는 것을 의식했을 때는 저녁 시간이었다. 안젤라는 동지들을 뒤로한 채 집으로 돌아왔다.

먼저 경비실에 들렀다.

「209호 앞으로 온 택배 있지요?」

「없는데요.」

「없어요? 옥수수 한 자루가 왔을 텐데…….」

「그거 609호에서 가져갔는데요. 609호라고 쓰여 있던데…….」

「잘못 보신 듯해요. 제가 609호로 가볼게요.」

안젤라는 집에 들러 시위용 배낭을 내려놓고 6층으로 올라갔다. 6층 복도에 들어서자 벌써 구수한 옥수수 냄새가 퍼져 있었다. 이런, 낭패네. 609호는 현관문을 열어 놓고 있는 것부터가 여느 집과 달랐다. 문틈으로 조심스레 집 안을 들여다보니 주방의 찜통에서 옥수수가 익어 가고 있었다. 아무도 없었지만 현관에는 얼핏 보아도 열댓 개가 넘는 신발이 널브러져 있었다.

「누구 안 계세요?」

안젤라가 큰 소리로 불렀지만 대답이 돌아오지 않았다. 집 안의 벽지는 때가 끼어 더러워 보였고, 빨랫감이 여기저기 널려 있었다. 입구의 작은방을 기웃거려 보니 침대를 꽉 채울 만큼 덩치가 큰 여자가 큰대자로 깊이 잠들어 있었다. 어쩌나, 옥수수를 삶다가 잠들어 버린 모양인데……. 그때 큰방 문이 왈칵 열리더니 진하게 눈썹을 그린 노파가 나왔다.

「누구슈?」

열린 방문 틈으로 책상 앞에 앉아 있는 학생의 모습이 얼핏 보였다.

「209호인데요. 제 앞으로 옥수수 한 자루가 왔는데 여기로 잘못 갔다고 해서요.」

「아, 댁의 거였수? 내가 눈이 어두워서 1209호 건 줄 알고 거기 가져다줬는데……. 한 자루 통째로 가져다줬더니 먹으라고 열 개 나누어 줍디다. 지금 찌고 있는데 어떡하지?」

「괜찮아요. 1209호에 가볼게요.」

노인이 주소를 잘못 볼 수도 있겠다 싶었다. 안젤라는 군말 없이 엘리베이터를 타고 12층으로 올라갔다.

12층 복도에도 삶은 옥수수 냄새가 진동하고 있었다. 거의 다 먹어 치웠겠군. 그래도 남은 게 있겠지. 1209호 현관문 앞에는 자전거와 휠체어가 나란히 서 있었다. 아픈 사람이 사는 모양이네. 안젤라는 난처한 마음을 다독이며 조심스레 초인종을 눌러 보았다.

「누구세요?」

날카로운 여자 목소리가 들렸다.

「우리 집 옥수수가 이 집으로 잘못 배달됐다고 해서요.」

안젤라는 배에 힘을 주고 대담하게 외쳤다. 한동안 아무 대답도 들리지 않았다. 그러더니 갑자기 현관문이 벌컥 열렸다. 술 냄새를 풍기는 중년의 여자가 옥수수 자루를 들고나왔다. 집 안은 깨끗하고 아담하며 그림물감 냄새가 진하게 났다. 문밖으로 나온 여자가 민망해하면서 말했다.

「보세요, 주소가 흐릿하게 쓰여 있어요. 우리 집 걸로 알았어요. 누가 보낸 건가 이상했지요.」

「예, 주소가 흐릿해서 착각하기 쉽겠어요. 209호 거예요. 제 막냇동생이 시골에서 보낸 거예요. 확실해요.」

「어쩌나? 우리 아들이 옥수수를 좋아해서 여섯 개나 쪄버렸는데…….」

「괜찮아요. 나누어 먹으면 좋지요.」

안젤라는 허리를 구부려 자루를 풀고 옥수수를 네 개 더 꺼냈다. 그동안 술 냄새를 진하게 풍기며 여자가 쉴 새 없이 떠들었다.

「209호는 소설가라고 들었어요. 저도 시를 썼어요. 인사동에서 남편을 만났지요. 남편은 화가였어요. 일본에서 생긴 원폭 피해 병으로 죽었어요. 아들이 하나 있는데 병을 물려받았어요. 그림 솜씨도 물려받아서 일찍 화가가 됐지요. 그런데 아들애가 집에만 처박혀 있어요. 도통 나가려고 하지를 않아요. 저는 죽고 싶어요. 맨날 술을 마시며 견뎌 내죠. 아들마저 없었으면 자살했을 거예요.」

안젤라는 가슴이 내려앉았다. 말로만 듣던 원폭 피해자 가족이 가까운 이웃이었다니…….

말문이 막힌 채 옥수수를 들고 멍하니 서 있는데 안에서 엄마를 부르는 화난 음성이 들려왔다. 처음 만난 이웃에게 시시콜콜 하소연하는 엄마가 싫었나 보다. 여자는 옥수수를 받아 들고 냉큼 현관문 안으로 사라졌다.

이튿날 점심때 성당 모임이 있었다. 농성 참여로 고단했던 안젤라는 간신히 일어났다. 옥수수 자루에서 열다섯 개를 꺼내 커다란 찜통에 올려놨다. 아무래도 감기 기운이 스며든 것 같았다. 밭은기침이 나기 시작했다. 샤워를 대충 마친 후 안젤라는 삶은 옥수수를 싸 들고 모임이 열리는 마리아 집으로 갔다. 마리아는 손자를 홀로 키우느라 늘 일을 했다. 오늘도 일하느라 미처 모임 준비를 하지 못한 상태였다. 일찍 도착한 안젤라는 굴러다니는 물건들을 치우고 비질을 했다. 그동안 마리아는 동동거리며 묵을 무쳤다.

시간에 맞추어 사람들이 하나둘 도착했다.

「이 집에 평화를 빕니다.」

「이사 가신다면서요? 작별 인사하려고 오늘 이 집에서 모이기로 했다던데요.」

「율리아나는 왜 안 왔어요?」

「아무래도 치매가 생기신 것 같아요. 경찰서에 가서

안젤라가 며느리인데 간첩이라고 횡설수설하는 통에 신부님이 경찰서에 가서 해명하고 난리가 났었어요.」

「저는 전혀 몰랐던 일인데요?」

「세월호 리본을 달고 다녀서 그래.」

「나 원 참……. 그건 그렇고 왜 나보고 며느리래?」

「그러니까 치매지. 어쨌든 신부님 아니었으면 안젤라 큰일 날 뻔했어.」

안젤라는 입을 다물어 버렸다. 거룩해 보이는 성당에도 어김없이 각종 인간 문제가 있었다. 특히 정치 성향이며 파벌이 나뉘기 마련이었다. 차라리 변명하지 않는 편이 낫겠다 싶었다. 그러나 억울한 생각에 안젤라는 한마디 했다.

「세월호 리본이야 잊지 않겠다는 추모의 의미이고, 나는 작가인데.」

「알아. 그러니까 신부님이 변호해 주었지. 우리도 거들었고.」

「오늘 옥수수 삶아 오길 잘했네. 많이 드세요.」

「옥수수는 어디서 났어?」

글라라가 물었다. 안젤라는 신이 나서 어제 옥수수를 찾아 이 집 저 집 헤맨 이야기를 했다.

「에구, 미군 집에 잘못 들어갔군.」

「609호가 미군 집이에요?」

「몰랐어? 그 할머니가 양공주였고, 딸은 백인과 혼혈로 한때 미군 부대 가수였대. 손녀는 고등학생인데 여간내기가 아니야. 공부만 파고드나 봐. 도통 방에서 나오지를 않아. 왕따 모범생이래.」

「남편은?」

「미군 부대에서 일하나 봐.」

세상에, 서민들의 삶 깊숙한 곳에 이렇게 역사에 시달린 흔적들이 구체적으로 배어 있다니……. 안젤라는 말문이 막혔다.

안젤라는 밭은기침이 심해서 먼저 집으로 돌아왔다. 바로 쌍화탕을 데워 마신 후 잠자리에 들었다. 저녁이 되자 기침이 심하게 나는 통에 잠에서 깨어났다. 습관대로 담배를 한 대 피워 물자 요란한 기침과 함께 구역질이 났다. 독감에 단단히 걸렸군. 흡연을 포기하고 따듯한 차를 마신 후 잠을 청했다. 그러나 숨이 차올라 제대로 누울 수가 없었다. 고열과 기침, 구토로 밤을 꼬박 새워야 했다.

밤은 길었다. 가만히 누워 있으면 자꾸 이상한 생각에 빠져들었다. 그동안 609호를 통해 미군 부대에서 나를 감시해 온 것은 아닐까? 1209호는 일본과 무슨 상관이 있는 걸까? 왜 옥수수가 하필이면 그 집들로 잘못 배달됐던 걸까? 교묘한 음모를 꾸미는 배후가 있는 것은 아닐까? 유신 말기에 끌려갔을 때처럼 커다란 시국 사건이나 간첩 사건을 조작해서 저항 운동을 무화시키고 여론을 호도하려는 정보기관의 기획 수사가 진행 중인 것은 아닐까? 왜 율리아나가 나를 경찰에 고발했을까? 포상금을 노린 동네 사람들과 짜고 모함을 하는 것은 아닐까? 막연히 일상이 무섭고 의심스러웠다.

1979년 4월, 안젤라는 지난 6개월 동안이나 미행당했다는 것을 구금된 후에야 알게 되었다. 평범한 일상 뒤에서 무서운 음모를 꾸미고 있는 기관원들의 날카로운 시선과 돈에 매수된 이웃들의 거짓 증언에 얼마나 놀랐던지……. 자라 보고 놀란 가슴 솥뚜껑 보고도 놀란다고 연행됐던 기억은 끊임없이 외상 후 스트레스 장애를 일으켰다. 몸이 아플 때, 때마침 일상에서 불미스러운 헛소문이 돌 때, 이웃이나 지인들로부터 엉뚱한 모함을 당할 때, 시국 사건으로 신경이 날카로울 때 이런 증상에 시달리곤 했다. 증상이 심해지면 정신병이 재발하기도 했다. 따라서 자기 관리를 철저히 해야 했고, 꼬투리 잡힐 일을 만들지 말아야 했다. 잡혀갔다 나온 이후 안젤라는 자의 반 타의 반으로 엄청나게 모범적으로 살아왔다. 생활 전반에서 결벽증이라 할 정도로 조금의 거짓말도 못 했다.

안 되겠다. 안젤라는 자리에서 벌떡 일어났다. 이상한 생각을 떨쳐 버리려고 차를 한 잔 더 우려냈으나 심한 기침 때문에 제대로 삼킬 수가 없었다. 앉아 있자니 숨이 차고 누워 있자니 피해 의식에 시달렸다. 벌떡 일어서 방을 서성거리다가 멍하니 창밖을 내다봤다. 검은 밤, 바람에 흔들거리는 나무들을 보고 있자니 귀신이 머리칼을 풀어헤치고 울어 대는 듯싶었다. 내 인생을 돌려다오, 내 청춘을 돌려다오, 내 억울한 죽음을 이야기해다오. 갖가지 방식으로 억울하게 죽어 간 무수한 원혼들이 한꺼번에 울부짖는 것 같았다. 두려운 마음과 아픈 몸을 참아 내기가 힘들었다. 아직 어둠이 걷히지 않은 새벽에 안젤라는 큰 동생에게 전화를 했다. 수녀인 동생은 자유로운 신분이 아니었으나 도움을 청할 데가 거기밖에 없었다.

「언니, 빨리 119에 전화해서 다니던 병원으로 가. 내가 병원 응급실로 달려갈게. 수녀원에서 허락해 줄 거야. 언니가 혼자 사는 거 아시는 데다 위급한 상황이니까.」

동생이 수녀원에서 이 신도시까지 오려면 시간이 좀 걸릴 터였다. 둘 다 입 밖에 내지는 않았으나 전염병이 유행이라는데 불안하기 짝이 없었다.

5. 느닷없는 낙타 고기

구급차는 생각보다 빨리 왔다. 마스크를 착용한 청년 둘이 들것을 들고 현관문 안으로 들어오려 했다.

「괜찮아요, 걸을 수 있어요.」

심한 기침을 하면서도 안젤라는 들것에 누우려 하지 않았다.

「누우세요. 땀을 많이 흘리고 있어요. 내려가다 쓰러지기라도 하면 우리가 곤란해요.」

할 수 없이 안젤라는 들것에 누웠다. 커다란 손가방이 짐의 전부였다. 그 안에는 여분의 속옷과 읽던 책, 지갑과 휴대폰, 손수건과 간단한 세면도구가 들어 있었다. 옷은 기다리는 동안 갈아입었고, 집 안도 간단히 치워 두었다.

무슨 준비가 될는지는 하느님만 아실 터였다. 저승에

가게 될지, 다시 집에 오게 될지……. 들것에 실린 안젤라는 구급차 안으로 옮겨졌다. 기다리고 있던 간호사가 재빨리 산소 호흡기를 입에 대고 혈압을 확인했다. 그리고 물었다.

「최근에 외국에 다녀오신 적 있어요?」

「아니요. 없어요.」

「낙타 고기 드신 적 있어요?」

「네?」

안젤라는 얼른 알아듣지 못했다.

「낙타 고기 드신 적 없냐고요.」

「낙타 고기? 우리나라에서 그런 것도 팔아요? 먹은 적 없는데…….」

「말씀 짧게 하세요. 기침이 심해요. 열도 높고.」

그사이 구급차는 벌써 다니던 병원의 응급실 앞에 도착했다.

들것에 실린 채 병상으로 옮겨지자 의사들이 이름, 나이, 연락처, 혈액형을 연달아 물었다. 산소 호흡기 덕분에 숨찬 게 좀 나아진 안젤라는 차근차근 대답했다. 그러자 곧장 링거가 꽂혔다. 밤을 꼬박 새운 안젤라는 의사들에게 완전히 의탁한 채 설핏 잠이 들었다.

눈을 뜨니 수녀 동생이 간절히 기도하는 모습이 보였다.

「왔구나.」

「응, 언니. 단순 폐렴이래. 호흡기 내과에 입원했어. 그래도 입원할 수 있어 다행이야. 병원에 빈 병상이 거의 없나 봐.」

「입원시키느라 고생이 많았겠구나.」

「언니 주치의한테 갔었어. 많이 도와주셨어.」

「감사해라.」

안젤라는 다시 까무룩 잠들었다. 잠결에도 병상 옆을 바삐 오가는 발소리가 들렸다.

머리 위로 환한 빛이 새어 들었다. 안젤라가 올려다보니 작게 네모진 창문틀이 보였다. 거기에 새벽빛이 서려 있었다. 아침인가 보다. 막연히 생각하는 와중에 어떤 소리가 인식되었다. 음성이 없는 말, 소리 없는 말로 언어가 아닌 말, 마음에서 마음으로 즉시 전달되는 침묵 가운데의 진동 같은 거였다. 여하튼 표현하기 어려운 의사소통이 이루어지고 있었다.

하느님, 저 창문은 제가 통과하기에는 작은데요? 저

는 아주 뚱뚱하거든요.

몸이 뚱뚱한 거야 상관없지. 영혼이 통과할 천국의 문이니까. 그런데 가만 보자, 너는 영혼도 뚱뚱하구나.

영혼도 뚱뚱해요?

보아라.

광주 항쟁의 장면이 창문에 비쳤다. MBC가 불타는 장면을 안젤라가 정신 병원에 앉아 멍하니 보고 있었다. 갑자기 중계방송이 끊기고 길고 긴 암흑. 안젤라가 대학 후배와 포장마차에서 막걸리를 마시고 있었다. 군사 쿠데타였어, 12·12는……. 안젤라가 말했다. 옆에서 남자 둘이 불쑥 나타나 후배와 안젤라의 팔짱을 끼고 경찰서로 연행한다. 안젤라는 소리 지르고 물어뜯으며 발버둥을 쳤다. 너희 경찰들 때문에 내가 병이 나서 억울하게 이 고생을 하고 있다고. 대공과? 웃기시네. 한 밤을 동네 경찰서 대공과에서 보내는데 어찌나 발작하다시피 했던지 기절했다. 어머니가 연락을 받고 달려왔다. 가난한 어머니는 벌벌 떨면서 담배 한 보루를 경찰에게 주며 사정사정한다. 미친 애예요. 정신과를 다니고 있어요. 제발 사정 좀 봐주세요. 경찰이 앞으로 말조심하라며 풀어 준다. 후배가 혀를 내두르며 비실비실

떠나갔다.

안젤라는 교회 청년들과 즉흥 연극을 하고 있었다. 연극은 투쟁의 주먹질로 끝났다. 얼마 후 형사들이 반지하에 세 들어 살던 안젤라의 집으로 찾아왔다. 구로와 인천에서 커다란 데모가 일어났다고 했다. 어머니가 울부짖었다. 아픈 아이예요. 무슨 배후 조종을 할 정신이 있겠어요? 그냥 살기도 힘든 저희 집을 더 이상 괴롭히지 말아 주세요. 아픈 애라고요. 댁들 때문에 미쳐서 정신과에 다니면서도 가난해서 직장에 나가야 한다고요. 어머니가 결사적으로 울부짖었다. 경찰들이 난감해하며 물러갔다.

안젤라가 다니던 출판사에서 고강도 노동에 지친 직원들이 기습적으로 노조를 설립했다. 그 와중에 예전 남자 친구가 찾아와 심한 성희롱을 했다. 그는 안젤라가 병든 후 뒤도 돌아보지 않고 떠난 사람이었다. 그러고도 가끔 전화하고 찾아오는 통에 안젤라는 정신이 사나워지곤 했다. 이번에는 자신의 첩이 되라는 제안을 해서 안젤라를 화나게 했다. 그는 자기 말을 듣지 않으면 사장에게 압력을 넣어 부장에서 차장으로 강등시키겠다는 협박까지 불사했다. 그 때문에 안젤라는 퇴사한 후 이사할 수밖에 없었다.

백수 시절, 여기저기서 아르바이트를 하며 6·10 민주 항쟁에 참여했다. 멋진 투쟁이었다. 탱크가 나올 거라는 경고에도 불구하고 엄청난 군중이 모여 결사적으로 싸워 냈다. 매일 최루탄 냄새가 배어든 옷을 빨아 대면서 어머니는 아무 말씀도 하지 않았다. 다만 눈을 꾹 감고 기도하실 뿐이었다.

다시 출판사에 취직했다. 의식 있는 출판사였다. 따라서 하는 일이 약간 위험하기도 했다. 이번에는 외국에 파견된 특파원을 통해 금서들을 구해서 출판했다. 잡혀가기 일보 직전에 금서 규제가 풀렸다. 사회 곳곳에서 냉전 체제가 완화되고 있었다. 기나긴 군사 독재가 끝나고 문민정부가 들어섰다.

인사동에서 후배와 차를 마시며 느긋하게 휴식을 취하던 어느 일요일이었다.

「언니, 제일 해보고 싶은 일이 뭐야?」

당연히 연애나 결혼이라는 대답이 나올 줄 알았던 모양이었다.

「나? 이마에 띠 두르고 투쟁해 보고 싶어. 늘 일하는 사람으로 살아왔지만 중간 관리자여서 제대로 된 싸움도 못 해봤어. 여자라서 저임금인데도 편집장이라는 직책이 있어서 노조에 못 끼고……. 한번 노동자로 대투쟁에 참여해 봤으면 좋겠어.」

후배가 하품을 했다.

「그런 정도 소원이야, 뭐.」

얼마 후 직장으로 전화가 걸려 왔다.

「언니, 퇴근하면 연대 정문 앞으로 와.」

「그래.」

연세대학교 앞 백양로에는 각종 노조의 깃발이 휘날리고 있었다. 사람을 모으는 풍물 소리가 들렸고, 씩씩한 노동자들이 속속 모여들었다. 후배와 만난 안젤라는 상기된 표정으로 바삐 걸었다. 연세대 대운동장에 도착해 둘이 나란히 자리를 잡고 앉았다. 대운동장에는 노동자들이 빽빽했고, 무대에서는 춤과 노래, 연설과 공연이 펼쳐졌다.

「와, 멋있다!」

안젤라는 입을 다물지 못하고 탄성을 내질렀다. 한참 소리를 지르고 나자 함께 왔던 후배가 그만 가자고 했다. 할 수 없이 나오는데 건널목이 따로 없이 막 지나다니는 백양로에서 젊은 경찰한테 붙잡혔다. 교통 법규를 위반했다는 거였다. 갑자기 헐크처럼 변한 안젤라가 소리를 꽥 질렀다.

「왜 숨어 있다 잡아요? 비겁하게……. 여기 백양로는 교통 통제 없이 그냥 지나다니는 곳이라고요.」

얼마나 꽥꽥 소리를 질러 댔는지 젊은 경찰이 질려서 가버렸다. 후배가 신기하다는 듯이 안젤라의 얼굴을 바라보았다.

「언니는 이중인격자 같아. 평소에는 얌전하면서 투쟁할 때는 괴물 같아.」

두 사람은 카페에 들어가 시원한 음료를 마셨다.

「언니, 나는 결혼할 거야.」

「그래? 잘됐다. 정말 축하해.」

일말의 질투심조차 느끼지 않는 욕망 결핍 환자 안젤라는 후배가 결혼하게 된 사연을 들었다. 후배는 결혼식을 올리고 외국에 가서 살 예정이라고 했다.

「외국에 가면 공부도 할 수 있고 좋겠다.」

「공부는 석사까지 했는걸. 그보다 더 늦기 전에 아이 낳아 키우고 싶어.」

「멋지다, 멋져.」

안젤라가 활짝 웃었다.

「언니는 어떤 인생을 원해?」

「나는 직장 생활을 하면서 작가로 성공하고 싶어. 그러다 육십이 넘으면 은퇴해서 신학 공부를 하고 싶어. 대학원에 진학할 수 있으면 좋겠어. 난 공부하기를 좋아하니까.」

「지금이라도 대학원에 가.」

「아직은 안 돼. 그동안 뼈 빠지게 고생해서 이제야 겨우 임대 아파트를 장만했어. 좀 더 저축해야 공부할 수 있어.」

「부자한테 시집가면 되는데…….」

「왜 그런 자기 비하를 하고 그래? 페미니스트답지 않게…….」

「언니를 오랫동안 따라다니는 남자가 있다며?」

「그 광적인 스토커? 유부남이야. 끔찍해.」

「요새는 연락 안 해?」

「응. 나라는 사다리를 충분히 이용했으니까. 더 이상 스토킹할 이유가 없어졌을 거야.」

「말도 안 돼.」

「말이 돼. 이제 뜬금없이 전화하고 찾아오는 일 없어 속이 시원해. 몇십 년 동안 교묘하게 시달린 거 생각하면 소름이 끼쳐. 재수 없는 악연이었어.」

「정리됐으면 새 만남으로 산뜻하게 결혼하지.」

「나는 세상과 인간들에게 완전히 질렸어. 처음에 외상 후 스트레스 장애로 시작된 정신병이 요즘에 와서는 깊은 우울증으로 변해 가고 있어. 만약 문학에 대한 사랑이 없었더라면 맥없이 죽었을 거야.」

「가족들은?」

「우리 자매들? 큰 동생은 수녀원에 들어갔고, 막냇동생은 결혼했어. 엄마와 나만 남았으니 사이좋게 살아가면 돼. 모두 가난해서 고생이 심한 게 탈이지만…….」

「언니 참 효녀야.」

「효녀 아니야. 엄마를 파출부처럼 부려 먹고 있는걸. 엄마가 뒷바라지 안 해줬으면 직장 생활 못 해냈을 거야. 공생 관계지…… 하하.」

「늙으면 어쩌려고 그래. 엄마는 언니보다 오래 못 사실 텐데…….」

「걱정하지 마. 우리 엄마가 나보다 훨씬 건강해.」

아닌 게 아니라, 안젤라는 몹시 지치고 늙어 보였다. 안색이 누렇게 떠서 어딘가 아파 보이기까지 했다.

「언니가 정신과를 한 달에 한 번 가지?」

「응. 스물다섯에 발병했으니까 어언 15년이 되어 가나 보다.」

「약 끊을 수 없을까?」

「글쎄, 약을 끊으면 잠을 못 자고 자꾸 병이 재발해.」

절친했던 후배와는 그것이 마지막 만남이었다. 후배는 결혼해서 외국으로 갔다. 안젤라가 등단작이었던 장편소설을 쓰기 시작한 것이 그즈음이었다.

머리 위의 창틀에 비치던 화면이 어느새 사라졌다.

하느님, 왜 화면을 끄세요? 제 인생 전체를 비추어야 천국으로 갈지 지옥으로 갈지 심판을 하시죠.

재미가 없어서 더 못 보겠다. 영혼이 아주 뚱뚱해.

영혼이 뚱뚱하다는 게 무슨 뜻이죠?

하느님이 웃으셨다.

뚱뚱한 영혼이란 게 무슨 뜻인데요?

인간일 뿐인 너 자신의 의로움으로만 가득 차 있다는 뜻이다. 자의식, 자기애가 강하다는 뜻이야.

그 순간, 천국의 문이 사라지고 혼수상태에 빠져 있던 안젤라가 의식을 회복했다.

제일 먼저 간절히 기도하고 있는 수녀 동생의 얼굴이

눈에 들어왔다. 이어 막냇동생, 작은언니.

「살아났다!」

세 자매가 일제히 안도의 탄성을 내질렀다. 옆에서 간호사의 목소리가 들렸다.

「고비는 넘기셨어요. 하지만 안심하긴 일러요. 이 기계에 표시되는 수치가 선을 넘어가면 비상벨을 누르세요.」

안젤라의 몸에는 링거와 산소 호흡기 외에도 낯선 장비들이 이것저것 연결되어 있었다. 그리고 여러 색깔 선으로 쉴 새 없이 그래프가 그려지고 있었다. 지진 계측기처럼 빨간 선으로 쉴 틈 없이 그려지는 생명 그래프를 보고 있자니 왠지 섬뜩한 느낌이 들었다. 하지만 안젤라는 자신이 죽지 않을 것을 알고 있었다.

「꼬박 하루 동안 혼수상태였어.」

막냇동생이 한숨 놨다는 표정으로 중얼거렸다.

「난 네가 이번에는 진짜 가는구나 싶어서…….」

작은언니가 흐느끼기 시작했다.

「괜찮아. 하느님이 영혼이 뚱뚱해서 아직 못 데려가시겠대.」

「영혼이 뚱뚱해?」

세 자매가 울음 끝에 웃어 버렸다.

「망할 년, 그렇게 사람을 애태우더니 깨어나서 첫마디가 농담이네.」

병실 안 여기저기에서 웃음소리가 들렸다.

「다행이에요, 살아나서.」

「그럼 살아나야지. 금방 회복될 거예요.」

옆의 병상에서 축하를 받으며 세 자매가 머리를 맞대고 의논했다. 시골에서 휴가를 보내다가 연락을 받고 제일 늦게 도착했다는 막냇동생을 남겨 두고 수녀 동생과 언니가 안젤라의 집으로 가서 쉬기로 했다. 그렇게 세 자매가 번갈아 가며 돌본 덕분에 일주일 뒤 안젤라는 상태가 한결 나아졌다. 그렇지만 위기를 넘겼다 뿐이지 적어도 한 달은 입원해야 했다.

「이제 혼자 지낼 수 있어. 그동안 고마웠어. 모두 집으로 돌아가.」

안젤라가 세 자매에게 성의껏 인사와 차비를 건넸다. 간병에 지친 자매들은 집으로 돌아간 뒤 사나흘에 한 번씩 돌아가며 방문하기로 했다. 뒤늦게 소식을 들은 친구들이 연거푸 면회를 왔다. 작은 수술을 해야 했고 위급할 때도 있었다. 한 달 후 안젤라는 무사히 퇴원했다. 이래저래 병원비로 거금이 깨진 후였다. 집으로 돌아온 안젤라는 곧 현실이라는 벽에 부딪혔다. 돈을 벌어야 했다. 그러나 안젤라의 머릿속은 뚱뚱한 영혼에 대한 생각뿐이었다.

하느님은 왜 나를 더 살게 하셨을까?

고민하던 안젤라는 수녀 동생에게 고백을 했다. 동생은 수녀원에 와서 얼마 동안 묵상하는 게 좋겠다고 했다.

수녀원에 들어가는 날, 안젤라 집에 네 자매가 모였다. 안젤라는 냉장고에 묵혀 두었던 옥수수들을 꺼내서 마저 쪘다. 넷이 둘러앉아 하나씩 먹는데 문득 웃음보가 터졌다.

「왜?」

「어릴 때 온 식구가 모여서 옥수수 먹던 거 생각나?」

「응, 생각나지.」

자매들은 누구랄 것도 없이 옛 추억에 젖어 들었다.

마루에 부모님과 여섯 형제들이 빙 둘러앉았다. 바깥 마당에는 저녁노을이 지고 있었다. 홍초가 필 즈음이었다. 늙으면 이가 안 좋아서……. 아버지가 자기 몫의 옥수수를 뚝 잘라 반 토막을 외동아들인 오빠에게 주었다. 어머니도 옥수수를 반으로 잘라 큰 동생에게 주었다. 큰 동생이 유난히 옥수수를 좋아했다. 오빠는 반 토막을 공손히 받은 후 슬그머니 큰언니에게 주었다. 그러자 어린 막냇동생이 나도 나도 하고 손을 내밀었다. 둘째 언니가 반을 잘라 막내에게 주었다. 막내는 제 몫의 하나도 다 못 먹고 반 토막을 그대로 남겼다. 둘째 언니가 빙그레 웃으며 그 옥수수를 가져와 먹었다.

그렇게 온실 속에서 자라난 형제들은 거친 세상과 마주하며 저마다 시련을 겪어 내야 했다. 세상은 참으로 냉정하고 만만치 않았으니까. 먼저 세상을 떠난 가족들을 떠올리면 살아남은 네 자매는 가슴이 아리곤 했다. 울적해진 분위기를 눈치챈 둘째 언니가 슬그머니 콧노래를 부르기 시작했다. 언니의 쓸쓸하고도 달콤한 목소리가 조용히 퍼져 나갔다.

스테이크와
된장찌개

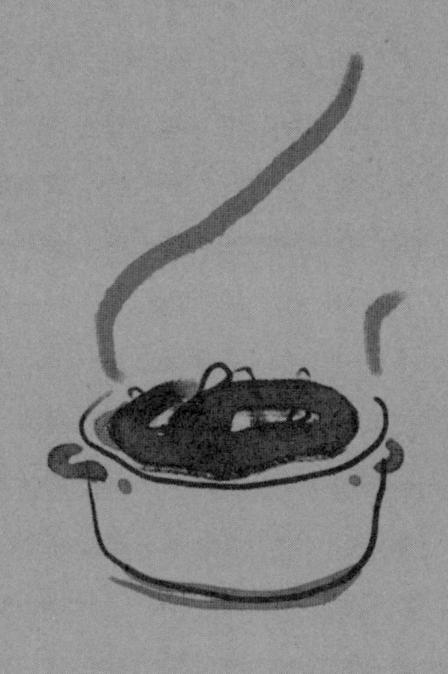

1. 환한 오후

가냘픈 고양이 울음소리가 들렸다. 그러자 뒤따라 답하는 고양이 울음소리가 들렸다. 어, 고양이들이 대화를 하네. 온종일 소설을 쓰느라 골치를 썩이고 있던 안젤라가 책상에서 일어나 베란다로 달려갔다. 창밖에는 밝은 햇살이 환하게 번져 있었다. 2층에서 내려다보니 검은색과 노란색의 두 마리 새끼 고양이가 화단 사이의 길을 앞서거니 뒤서거니 사이좋게 걸어가면서 이야기를 나누는 모습이 사진처럼 선명했다. 뭐라 그러는 거지? 안젤라는 고양이의 언어를 알아듣지 못하는 것이 안타까웠다.

그때 오후의 햇빛 속에서 까만 점이 재빠르게 달려왔다. 저런, 고양이들 다치겠다. 가까이 다가오면서 점은 자전거가 되었고 속도를 줄였다. 고양이들은 느긋하게 자전거를 피해서 비켜 갔다. 동물과 공존할 줄 아는 자전거의 주인은 아녜스였다.

「아녜스, 어디 다녀와요?」

「안젤라, 저 합격했어요. 직업 상담사.」

「와, 축하해요. 들어와서 차 한잔하고 가요.」

「다음에 할게요. 어머니가 기다리고 계셔요.」

「좋아요. 다음에 봬요. 진짜 축하해요.」

아녜스 부부는 386, 그러니까 지금은 586이 된 세대였다. 둘 다 운동권에 가담했던 경험을 살려 이 동네에서 진보 운동을 해왔으나 딱히 고정된 직업이 없던 참이었다. 남편은 만년 대학 시간 강사였고, 아녜스는 아이들 키우는 틈틈이 여기저기서 아르바이트를 하며 어려운 생활을 견뎌 냈다. 심리적으로나 물질적으로 얼마나 힘겨웠는지 부부가 동반 자살 충동에 시달리기도 했다. 생활 감각은 중산층이지만 현실은 늘 쪼들리며 근근이 살아가야 하는 비정규직 지식인 빈곤층. 그러다 아녜스가 여성 회관에 직업 상담사로 채용된 것이었다. 얼마나 기뻤겠는가? 두 아이를 키우느라 경력 단절이 된 여성이 제대로 된 일자리를 구하기란 얼마나 어려운 일인지……. 그야말로 낙타가 바늘귀를 통과한 격이었다. 오늘 저 집 부부는 고양이들 못지않게 다정한 저녁 시간을 보내겠군. 경사 났어. 안젤라가 덩달아 기뻐하며 미소를 머금는데, 집 안에서 요란하게 전화벨이 울렸다.

얼른 들어가 받으니 후배 요세피나가 숨넘어갈 듯 급한 호흡을 애써 침착하게 고르며 물었다.

「선배, 부근에 있는데요. 지금 가도 돼요?」

「그럼, 어서 와.」

며칠째 청소를 못 해서 집 안이 어수선하긴 했으나 흉허물 없는 후배라 그냥 오라고 했다. 아마 부부 싸움이라도 하고 나온 거겠지. 어떻게 달래야 하나? 요세피나는 성당에서 만나 친해졌는데, 알고 보니 고등학교 후배였다. 나이가 안젤라보다 한참 어려서 한창 결혼 생활의 갖은 갈등을 겪으며 세 아이를 키워 내고 있었다. 안젤라 세대는 중학교, 고등학교, 대학교를 시험 봐서 들어가야 했고, 요세피나는 매번 뺑뺑이를 돌려서 배정받은 세대였다. 일류 학교 출신이라는 엘리트 의식에 젖어 있는 안젤라 세대와는 달리 평준화 세대인 셈이었다. 그래서인지 요세피나는 선배들을 그리 좋아하지 않는 듯했으나 안젤라가 가난하고 푸근해서 꽤 따르는 편이었다.

잠시 후 초인종 소리가 울렸다. 문을 열자 요세피나가 상기되어 붉어진 뺨으로 활짝 웃었다.

「선배, 오랜만이에요.」

「그래, 별일 없었니?」

「어휴, 별일 많아요. 저 큰일 날 뻔했어요.」

「왜?」

「바람날 뻔했다니까?」

안젤라는 순간 심장이 내려앉을 것 같았으나 내색하지 않고 슬그머니 눙쳤다.

「시시해. 바람난 게 아니라 바람날 뻔하기만 했어?」

「선배, 심각했다고……. 이리 와봐요.」

요세피나가 베란다 앞의 커튼 뒤에 숨어서 창밖을 내다보며 말했다.

「아직 안 가고 있어.」

「뭐?」

「저기 BMW 보이죠? 대학 때 헤어진 내 풋사랑이었어.」

안젤라는 눈이 휘둥그레져 창밖과 요세피나의 얼굴을 번갈아 봤다.

「너…….」

「아무 일 없었어요. 헤어진 후 오늘 처음 만나 본 거야.」

요세피나는 여전히 커튼 너머 풍경을 내다보며 속삭였다.

「이제 가네요.」

「그래, 가는구나.」

두 사람은 말없이 식탁에 앉았다.

「냉수 한잔 줄까?」

한참 만에 안젤라가 입을 열었다. 요세피나가 고개를 끄덕였다. 요세피나의 얼굴에는 설레던 젊음을 완전히 떠나보내는 서운함과 개운함이 착잡하게 얽혀 있었다. 아녜스가 80년대 세대라면 요세피나는 90년대 세대로서 시대적 억압이 덜한 성장기를 보낸 셈이었다. 그래서인지 거대 담론에는 별 관심이 없고 소소한 일상사가 주된 화제였다.

「어떻게 된 거니?」

드디어 못 참고 안젤라가 물었다.

「그게 그러니까…… 애초에 둘째 아이 때문에 생긴 일이에요. 우리 둘째한테 문제가 좀 생겼었어요.」

요세피나가 그동안 있었던 일을 이야기하기 시작했다. 안젤라는 쓰고 있던 소설이 뒤엉켜 버려서 짜증이 난 상태였으나 점점 이야기에 빠져들어 갔다.

그날 요세피나는 여느 때처럼 아침 일찍 일어나 식구들을 등교시키고 출근시켰다. 이어 청소와 빨래를 하고 설거지까지 끝낸 뒤 한숨 돌리고 있었다. 그때 전화벨이 울려서 별생각 없이 받았다. 둘째 아이의 담임 선생이었다.

「학교에 오셔야겠는데요.」

「아이가 무슨 잘못이라도…….」

「오셔서 이야기하시지요.」

「언제쯤 갈까요?.」

「오늘 오후에 시간 되시면요.」

「예, 그러지요. 곧 뵐게요.」

요세피나는 급히 외출 준비를 하면서 주머니 사정을 헤아려 보았다. 남편의 월급날이 가까워서 집에 현금이 없었다. 그나마 아끼고 모아 놓았던 문화 상품권이 좀 있었다. 촌지는 그걸로 하면 되겠구나. 경황없는 와중에도 단정하게 차려입었다. 세차를 해놓을걸……. 운전을 해서 학교로 가면서 요세피나는 책잡힐까 봐 별별 후회를 다 했다.

담임은 가늘게 떨고 있는 요세피나에게 종이 한 장을 내밀었다. 둘째 아이가 쓴 글이었다.

언니는 늘 일등을 하고 못 하는 일이 없다.

나는 공부도 별로고 언니처럼 재주도 없다.

동생은 남자라서 소중하게 여겨진다.

나는 있으나 마나 한 존재다.

언니와 남동생만 있었으면 좋았을 것이다.

어떨 때는 너무 화가 나고 속상해서 아파트에서 뛰어내려 죽어 버리고 싶다.

세상에! 요세피나는 숨이 멎을 정도로 충격을 받았다. 둘째가 이런 생각을 하고 있었다니…….

「집에서는 무척 명랑한 아이예요. 엄마 일도 잘 도와주고요.」

요세피나가 중얼거리자 담임이 미소 지었다.

「성적도 그리 나쁘지 않아요. 학교생활도 잘하고 있고요. 언니가 워낙 뛰어나서 힘든 모양이니 조금만 더 마음을 써주시고 애정을 표현해 주세요.」

「고맙습니다. 이렇게 알려 주셔서…….」

조심스레 상품권이 든 봉투를 내미는데 담임이 손사래를 쳤다.

「이런 거 받으면 큰일 나요. 요즘은 예전 같지 않아요. 그나저나 옛날에 뵌 기억이 있어요.」

「예?」

뜻밖의 말에 요세피나는 멍하니 반문했다.

「어릴 적에 제 남동생과 함께 집에 놀러 오신 적 있어요. 혹시 기억나세요?」

「남동생이라면?」

「스테파노.」

「아!」

요세피나는 놀라서 말문이 막혔다.

「스테파노가 뵙고 싶어 해요. 전화번호를 가르쳐 드려도 될까요?」

요세피나는 얼떨결에 고개를 끄덕이고 말았다.

「한동안 정신없었겠구나.」

안젤라가 혀를 찼다.

「예. 아이 문제에다 풋사랑에 대한 추억까지 휘몰아쳐서 넋이 빠진 것 같았어요.」

「남편한테 말하지 그랬어?」

「말했어요. 남편하고는 거의 모든 것을 숨기지 않고 말하니까요.」

「그랬더니?」

「피식 웃더라고요. 숨기지 않고 말해 줘서 고맙다면서 한번 만나 보라 했어요. 예전에 같은 성당을 다녀서 알고 있거든요. 남편도 그 친구 소식이 궁금하대요. 그리고 둘째는 자기가 주말농장에 데리고 다니면서 잘 보살펴 보겠다고 해서 한시름 놨어요.」

「넌 정말 남편 잘 만났구나.」

「예, 그건 그래요. 어릴 때부터 알아서 남편이라기보다 오랜 친구나 형제 같아요.」

「어릴 때 가사 선생이 남편감은 교회에서 만나는 게 제일 안전하다고 해서 웃었는데 정말이네.」

「좀 답답한 점은 있어요. 남편이 너무너무 모범생이거든요. 게다가 매일매일 똑같은 사람, 똑같은 일상……. 늘 바쁘지만 어떨 땐 지루해요.」

「남들이 들으면 행복에 겨운 소리라 하겠다. 그건 그

렇고, 오늘 만나 봤더니 어때?」

안젤라가 요세피나에게 다음 이야기를 재촉했다.

2. 하이틴 로맨스

요세피나는 유복하지만 알뜰살뜰한 부모 아래서 좋은 교육을 받았다. 사랑을 충분히 받은 덕에 사랑을 넉넉히 베풀 줄도 알았다. 나무랄 데 없이 커나가던 중에 고교 시절 지금의 남편을 만났다. 그때 이미 요세피나에게는 오래된 남자 친구가 있었다. 스테파노는 한동네에서 자란 동갑내기였다. 그는 요세피나와 같은 유치원, 초등학교, 중학교를 나왔다. 각자 다른 고등학교로 진학하게 되자 학교 대신 성당에서 주말마다 만났다.

스테파노는 누구나 인정하듯 요세피나의 완벽한 남자 친구였다. 요세피나의 부모님도 두 사람 사이를 인정했다. 다만 스테파노의 아버지가 재혼을 해서 어머니가 친모가 아닌 것이 조금 마음에 걸린다고 했다. 그러나 스테파노는 그늘이 전혀 없는 듯했다. 공부도 잘했고 성격도 거의 나무랄 데가 없었다. 그에게 요세피나는 너무나 귀한 공주, 지켜야 할 여신, 누구도 함부로 할 수 없는 성역이었다.

그런데 입시를 앞두고 바싹 공부해야 할 때건만 요세피나의 성적이 뚝뚝 떨어졌다. 같은 대학에 진학하기로 약속하고 둘 다 공부를 열심히 해왔는데 이유를 알 수가 없었다. 어쨌든 입시를 치렀고, 스테파노는 약속한 대학에 진학했다. 하지만 성적이 떨어진 요세피나는 다른 대학에 가는 데 만족할 수밖에 없었다. 성당에서 체육 대회가 열리던 날, 스테파노는 비로소 그 이유를 알 수 있었다. 지금의 남편을 바라보는 요세피나의 열정에 불타는 눈빛, 짝사랑에 애타는 모습, 상사병에 걸려 미치기 직전의 얼굴을 발견한 것이었다.

남편은 이미 사회에 진출한 직장인이었다. 그는 이 동네로 이사 온 뒤 주일 학교 교사를 맡고 있었는데 신도들의 칭찬이 자자했다. 신앙심도 두터워 성직자들의 자랑이었다. 한동안 요세피나를 남모르게 관찰하던 스테파노는 아무 설명도 없이 군대에 가버렸다.

이제 요세피나는 혼자였다. 혼자에 익숙지 않은 요세피나는 훌쩍훌쩍 우는 일이 잦아졌다. 그리고 낭만적 사랑의 각본대로 남편이 다가와 달래 주었다. 그래서 결혼한 것뿐이었다. 「에덴의 동쪽」이나 「초원의 빛」 같은 가슴 아린 청춘 영화도 아니어서 굳이 「처용가」를 부를 필요가 없었다. 평범하고 고상한 결혼식과 신혼 생활이 시작되었다. 연달아 딸 둘, 아들 하나를 낳고 알뜰살뜰 바쁘게 사는 동안 요세피나는 스테파노를 까맣게 잊고 있었다.

남편은 흠잡기 힘든 인격자로 일주일 동안 직장에서 받은 스트레스를 주말농장에서 풀었다. 자잘한 말다툼 외에는 부부 싸움도 없었다. 너무 평탄할까 봐 친정과 시가의 노부모가 적당히 번갈아 아파 주시기까지 했다. 아이들도 가끔 앓거나 말썽을 부리기는 했지만 큰 탈 없이 자라 주었다. 큰딸은 남편을 그대로 빼닮았는데 우등생이어서 의사가 되는 게 꿈이었다. 아들 역시 제 아버지를 닮아서 책임감이 강하고 어른스러웠다. 둘째 딸은 다정다감한 성격으로 요세피나 복사판이었다. 사실 티를 안 내서 그렇지, 요세피나는 둘째 딸에게 제일 정이 쏠리곤 했다. 지극히 이성적이고 합리적인 다른 식구들과 달리 마음이 통하는 정 많은 아이였으니까. 그런데 그 아이의 마음속에 그런 끔찍한 자괴감이

들어 있었다니…….

요세피나는 아이 때문에 심란한 와중에 스테파노에게 만나자고 전화가 오자 어찌할 바를 몰랐다. 결국 망설이다 남편에게 이야기한 것이었다. 남편이 피식 웃으며 말했다.

「그런 건 말 안 하고 살짝 만나고 오는 거야. 별걸 다 의논하네. 내가 나이가 많으니까 아무래도 먼저 죽을 확률이 높은데, 이제는 뭐든 혼자서 처리하는 연습도 좀 해.」

「혼자서? 난 당신 없는 생활은 상상도 못 해.」

「모든 사랑 이야기는 이별로 끝나는 거야. 생이별이든 사별이든 결국은 헤어지게 되어 있는 게 인연이야. 사람은 유한한 존재거든?」

「아이고…… 알았네요.」

안젤라가 호기심을 느끼며 물었다.

「그래서 만나 본 거야?」

「예, 질투도 하지 않는 어른 남편 덕에 무사히 만나고 왔어요.」

요세피나가 입을 삐죽거리며 어깨를 으쓱했다.

「어땠어?」

「어색했어요. 스테파노는 무섭게 변해 있었어요. 그 옛날의 소꿉친구가 아니었어요. 우선 외모부터 달라졌어요. 최고급 양복을 빼입고 외제 승용차를 몰고 으스대며 고급 레스토랑만 찾더라고요.」

요세피나는 쉬지도 않고 말을 이어 갔다.

점심시간에 만나기로 한 장소에 갔는데 도무지 사람을 알아볼 수가 없었다. 거의 변하지 않은 외형의 요세피나를 스테파노가 먼저 알아보았다. 스테파노의 맑고 크던 눈은 피로에 절어 누렇게 흐려져 있었다. 게다가 살이 잔뜩 쪄서 베이킹파우더를 넣은 찐빵처럼 부풀어 보였다. 술을 많이 마시는지 얼굴에는 개기름이 번들거렸다. 이 사람이 그 반짝거리던 소년이 맞는지 의심스러울 정도였다. 요세피나는 무섭게 변한 그 모습에 미안해졌다. 혹시 나 때문에 마음의 상처가 컸던 걸까? 그때는 남편을 막연히 짝사랑하고 있었을 뿐 아무 내색도 안 했는데, 왜 갑자기 군대로 잠적하고 소식을 끊었던 걸까? 그러나 굳이 묻지 않아도 알고 있었다. 스테파노에게 요세피나가 다른 남자를 그런 눈빛으로 본다는 것은 절대로 용납할 수 없는 일이었다. 지독한 배신감에 좌절하고 질투하고 치를 떨면서 그런 자신에게 실망했을 것이다.

마치 어린 시절로 되돌아간 듯 시원한 레모네이드를 마시며 두 사람은 떠듬떠듬 지난 이야기를 나누었다.

「난 제대하고 취직하고 결혼했어. 군대에 있을 때 네가 결혼했다는 소식을 들었지.」

그렇게 말없이 잠적하면 어떻게 해? 요세피나는 그 질문이 차마 나오지 않았다. 대신에 조그맣게 대답했다.

「인간의 모든 사랑은 이별로 끝나기 마련이야. 생이별이든 사별이든……. 인간은 유한한 존재라서 인연에도 한계가 있으니까.」

스테파노가 눈을 크게 뜨며 놀랐다.

「너는 엄청 어른스러워졌구나. 인디언 노인같이 지혜롭게 말하네.」

「나이 든 남편하고 살다 보니 그렇게 됐어.」

「나도 두 살 연상의 여인하고 결혼했어. 아내는 세상물정에 밝고 재테크 잘해. 강남의 대형 빌라에 살면서 아들딸 골고루 낳아 잘 기르고, 부모님 아직 잘 버티시고, 시간 나면 골프 치고, 승진도 잘하고…… 아무 문제 없지. 아침부터 밤까지 돈 이외에는 아무 생각 안 해. 회사도 돈돈돈, 고객들도 돈돈돈, 마누라도 돈돈돈, 애들도 돈돈돈, 부모님도 돈돈돈……. 돈이면 모든 게 해결되는 세상이니까. 돈 아닌 것에는 관심도 없지.」

스테파노는 말투마저 달라져 있었다. 냉소적인 데다가 권태롭고 속물스럽기 짝이 없었다. 옛날의 그 따듯하고 수줍으면서도 씩씩한 소년의 모습은 온데간데없었다.

「점심 먹었어? 내가 사줄까?」

간신히 요세피나가 화제를 바꾸었다.

「내가 사줘야지. 나가자.」

스테파노는 강남 번화가의 호텔 레스토랑으로 차를 몰고 갔다. 요세피나는 슬그머니 불안해지기 시작했다. 그래서 짐짓 명랑하게 자신이 행복하게 살고 있음을 암시했다.

「우리는 아이가 셋이나 돼. 그이는 가족에게 따듯해. 주말에는 농장에 가서 농사도 짓고…….」

「주말농장?」

스테파노가 솔깃해서 물어보았다.

「땅 주인이 대학 동기들을 불러 모아 몇 평씩 나누어 주고 농사짓게 하는 거야. 은퇴 후의 귀농 연습이랄까?」

「응, 그거 괜찮네.」

근사한 레스토랑이었다. 티본 스테이크가 입안에서 굴릴 사이도 없이 다디달게 목으로 넘어갔다. 고급 스테이크에 고급 와인, 근사한 실내 장식, 생음악을 연주하는 피아니스트.

「난 불행하지는 않아. 그런데 행복하지도 않지. 가끔 네 생각이 나. 잘 살고 있나 걱정되고…….」

스테파노가 더듬더듬 말했다. 그 옛날의 앳된 소년처럼.

「응, 난 잘 살고 있어. 걱정하지 마.」

「그래, 겉으로 보기에도 밝고 환한 게 행복해 보여. 다행이야. 아직도 성당에 다녀?」

「물론이지. 온 식구가 다녀.」

「난 제대한 이후로 성당 근처에도 안 갔어.」

「다시 다녀 보지 그러니? 영혼이 목마르면 아무리 많은 것을 갖추어도 행복해지지 않아.」

요세피나가 낮은 목소리로 자신 없이 말했다. 어쩌면 그에게 성당은 돌이켜 생각하기 싫은 아픔일 수도 있겠다 싶었던 것이다. 아니나 다를까, 스테파노가 대답했다.

「글쎄, 요즘은 성당보다는 절에 끌려. 몸도 수련하고 마음도 닦고…….」

아이고 하느님, 소녀의 잘못을 용서하소서. 요세피나는 속으로 부르짖었을 뿐 아무 말도 못 했다. 상처 입고 떠난 목마른 영혼에 대한 한없는 죄책감이랄까? 잠시 후 요세피나가 말했다.

「절이든 성당이든 나가서 마음의 평안을 찾기를 기도할게. 속세의 행복과 영성의 행복은 다른 것 같아. 인간의 사랑은 모두 이별로 끝날 숙명이지만 신과의 사랑은 영원하니까.」

스테파노가 비로소 씽긋 웃었다. 소년 시절 하얗던 치아가 잦은 흡연으로 누렇게 변색되어 있었다. 요세피나는 왠지 슬퍼져서 눈물이 핑그르르 돌았다. 따지고 보면 잘못한 사람은 없었다. 그러나 상처라는 크나큰 죄는 고스란히 남았다.

후식까지 먹자 점심시간이 지나 있었다. 스테파노는 괜찮다는 요세피나를 굳이 동네까지 바래다주었다. 요세피나는 곧장 집으로 향하기가 껄끄러워 선배 집으로 왔던 것이다.

「밍밍하고 심심한 이야기네. 바람피울 뻔한 것도 아니고 그저 오랜만에 옛 친구 만나서 점심 식사 같이한 정도……. 시시하다. 긴장감도 없고 설렘도 없고 짜릿하지도 않고.」

안젤라가 짐짓 하품을 해 보였다.

「선배는 막장 드라마나 불륜 영화만 봤나 봐. 평범한 주부한테는 이런 게 얼마나 큰 사건인 줄 알아요?」

「하긴 그래. 또 연락 오면 만날 거야?」

「아니. 이 정도면 충분해요. 그건 그렇고, 아이들 돌아올 시간 됐네. 저녁 준비해야 해요. 집에 갈게요.」

「그래. 희미한 옛사랑의 그림자를 완전히 떨쳐 버려 다행이다.」

「희미해서 달콤함만 남은 추억들, 왜 나라고 생각이 안 났겠어요? 생활이 불만스럽고 힘들 때, 부부 싸움을 해서 결혼 잘못했나 싶을 때 떠오르곤 했어요.」

「너희같이 금실 좋은 부부도 싸우니?」

「어머, 선배 좀 봐. 결혼 생활을 너무 모르네. 안 싸우고 어떻게 함께 살아요?」

요세피나는 선배가 아니라 철딱서니 없는 어린애를 대하듯이 웃은 후 집으로 돌아갔다.

안젤라는 쓰던 소설을 매만지기 시작했지만 한번 흐트러진 정신은 좀처럼 돌아오지 않았다. 그래서 오랜만에 음악을 틀었다. 7080 가요들. 김현식과 김광석, 노찾사와 꽃다지의 노래가 빠질 리 없었다. 그 당시 젊은이들은 군부 독재와 치열하게 싸워 내면서도 연애하고 결혼하고 자식을 낳아 양육했다.

사람들은 결혼 적령기에 여덟 번에서 열세 번 정도 짝짓기를 시도해 보다가 결혼에 이른다는 통계가 있다. 안젤라도 군사 독재 아래서나마 연애 비슷한 것을 시도해 본 적이 있었다. 그러나 대부분 커다란 시국 사건이 일어나서 연애에 집중할 수가 없었다. 결국 친근하고 장기적인 관계 형성에는 실패했다.

돌이켜 보면 애초에 현모양처가 꿈은 아니었다. 그렇다고 성적 매력이 풍부한 자유주의자도 아니었다. 그저 간절히 그리워할 애인도 기억나지 않을 정도로 건조하게 일만 하며 살아온 듯싶었다. 요세피나의 연애담을 들어 보니 자신은 이 나이까지 뭐 하고 살았나 싶었다. 파우스트 박사처럼 학문에 골몰한 것도 아닌데.

3. 출정

안젤라는 자리를 박차고 일어나 광화문 광장으로 향했다. 폐렴으로 입원했다 퇴원한 후 모처럼의 출정이었다. 가족들이 알면 걱정할 일이지만 도저히 답답해서 견딜 수가 없었다. 아니나 다를까, 몸이 많이 쇠해서 동작이 굼뜨고 자유롭지 않았다. 그래도 광장 본부석으로 가면 반가운 얼굴들이 있을 것이고 아는 얼굴들이 없어도 상관없었다. 혼자서 촛불 시위에 참여하는 시민들이 수두룩했으니까. 시청, 청계천, 종로, 광화문 일대에 촛불 들고 들어서면 모두가 한마음, 한뜻의 동지들이었다. 사람과 사람 사이를 흐르는 전류는 오직 한 방향으로 향하고 있었다.

광화문이 가까워지자 버스가 교통 통제와 인파에 걸려서 더 이상 운행을 할 수 없었다. 승객들은 하차해서 걸어가기 시작했다. 천천히 걷다 보니 서서히 날이 기울어 어스름이 깔리는데 마치 무수한 새싹이 한꺼번에 돋아나듯 사람들이 몰려들고 있었다. 서로 부딪치고 밀리면서도 누구 하나 짜증 내지 않았다. 추운 날씨였으나 통쾌하면서도 결연한 표정이었다. 최루탄에 맞서 화염병으로 목숨 걸고 저항했던 1987년 6·10 민주 항쟁 때보다 몇 배나 많은 인파가 세종 문화 회관 뒷골목부터 광화문 중앙과 종로, 청계천, 서울역까지 빼곡했다. 본부석에서 파도타기를 지휘하면 촛불의 바다가 크고 장엄하게 일렁였다.

젊은 세대, 특히 여성들의 참여가 눈에 띄게 늘어나 보였다. 젊은 부부들이 겁 없이 유모차를 밀며 아이들을 데리고 나온 모습이 아슬아슬하면서도 아름다웠다. 게다가 중학생과 고등학생들이 교복 차림 그대로 떼 지어 몰려다니며 구호를 외쳐 댔다. 또래 학생들이 죄 없이 수장당한 것을 화면으로 목격한 분노가 급속도로 퍼져 나가고 있었다.

평화로운 시위였으나 그 기운의 맹렬함은 겁이 날 지경이었다. 경찰들이 총동원되어 결사적으로 장벽을 치고 방어하는데, 그 많은 군중에도 불구하고 거의 아무런 다툼이 일어나지 않았다. 시민들은 무섭도록 이성적이어서 질서 정연하게 비폭력 저항을 견지하며 무력 진압할 틈을 주지 않았다. 기발한 구호, 분장, 가면들이 등장했으며 우습고 자유로운 피켓과 깃발들이 흥미진진하고 재밌는 시위 문화를 만들어 냈다. 촛불에 반사되는 시민들의 얼굴에는 비장하면서도 숭고한 의지가 구현되고 있었다. 아름다운 비폭력 혁명이었다.

「언니, 어쩌자고 나왔어? 그 아픈 몸으로!」

본부석 가까이 가서 희생자들의 영정을 모신 천막에 도착하자 모교 후배가 화들짝 놀라며 반겨 주었다.

「생각해 보니 정식으로 조문도 못 한 것 같아서.」

「아이고, 환자는 안 해도 되네.」

안젤라는 옷깃을 가다듬고 국화를 든 후 조문 행렬 뒤에 가서 섰다. 각 단체가 교대로 상주 노릇을 하고 있었는데, 오늘은 모교 민주 동우회에서 상주를 서는 날이었다. 줄이 길어서 한참 만에 조문을 마치자 후배는 얼른 집으로 들어가라고, 쓰러져도 아무도 책임 못 진다고 성화였다. 그 바람에 천막을 떠나 한동안 시위의 진행을 구경하던 안젤라는 가슴이 벅차오르는 감동을 안고 집으로 돌아왔다.

그해 성탄절 선물은 대단했다. 무능하고 부패한 정권은 구속되었고, 승리한 시민들은 환호성을 질렀다. 여고생들 사이에서는 앞머리에 〈구루뿌〉를 그대로 감고 외출하는 게 유행이 됐다. 탄핵을 선포했던 여성 판사가 시간에 쫓긴 나머지 머리칼을 말던 〈구루뿌〉를 그대로 달고 나온 실수가 존경과 선망의 상징이 된 것이었다. 여성들에게는 존경할 만한 인물이 필요했으니까.

4. 토종 페미니스트

때때로 인생이란 살얼음판을 걷거나 고공에서 외줄타기를 하는 것 같다고 느껴질 때가 있다. 사회에서 인정받지 못하면 살아 낼 수 없는 지독한 경쟁 체제. 실력도 있어야 하고 처세술도 있어야 한다. 더구나 독신 여성이 자립적으로 살아 내려면 늘 이를 악물어야 했다. 한 발 삐끗하면 함정이고 수렁이었다. 온전히 인정을 받으려면 자기 분야에서 말 그대로 달인이 되어야 했다. 얼마나 내면이 허하면 외부적으로 인정받으려 애쓰느냐고? 모르는 소리다. 이 사회에서 인정받음이란 밥벌이가 가능해지는 생존의 문제다.

그런데 애쓰고 노력해서 일정 지위에 오른 여성의 실력과 성과를 무화시키는 것들이 있었다. 질투와 음해, 헛소문 따위였다. 저 여자는 실력은 없는데 백이 좋아.

뭔가 뒷배가 있을 거야. 안젤라도 그런 헛소문에 시달리곤 했다. 너무 억울해서 분통이 터질 지경이었다. 옛 남자 친구가 그런 헛소문에 일조했다. 그는 40년 동안이나 연락하지 않았는데도 끊임없이 안젤라에 대해 이야기하고 다니면서 마치 친하고 잘 아는 사이인 듯 위장하고 안젤라의 공로를 자기 것인 양 가로채는 비겁한 사람이었다. 집착과 소유욕, 권력욕뿐인 모사꾼으로 모든 관계를 정치적으로 악용하는 정치 중독자였다. 문제는 그 남자가 그렇게 설치며 떠들고 다닐 수 있게 한 여성 비하적 사회, 그게 먹히는 남성 카르텔, 여성한테만 날카로운 칼날 같은 잣대였다. 여성의 적을 여성으로 만들어 고립시키고 마녀사냥을 해온 관습들이었다. 그 당시 사회에 진출했던 1세대 페미니스트들은 갖가지 고통에 시달리고 있었다.

화가 난 안젤라는 남자에게만 유리한 사회, 여성에게는 억울한 사회에 대해 반기를 들기 시작했다. 여성을 둘러싼 보이지 않는 그물망, 행동반경을 옥죄는 올가미에서 벗어나기 위해서라도 여성 운동을 시작하지 않을 수 없었다. 30대 후반 즈음이었다.

가부장제라는 무서운 숲속의 오솔길을 저마다 홀로

걸어야 했던 여성들이 하나둘 모이기 시작했다. 처음에는 유학파 교수들이, 다음에는 의사, 약사, 교사, 기자, 문인, 편집자 등 전문직들이, 대학원생이나 대학생, 주부들까지 〈혼자〉라는 울타리를 뛰쳐나와 힘을 모으기 시작했다.

그것이 여성 운동의 처음은 아니었다. 일제 강점기에 사회주의 여성 운동가들이 있었다. 나혜석, 전혜린 같은 자유주의 선구자들도 있었다. 호주제 폐지 운동을 해온 한국가정법률상담소의 이태영 박사나 학계의 이 이효재 교수도 있었다.

1984년 또하나의문화는 소박한 창립 대회를 치렀다. 안젤라는 이 단체에 동인으로 참여했다. 물론 이 세상 모든 여성의 슬픔을 감당해 내기에는 작은 그릇이었다. 동인들은 무리하지 말고 우리가 해낼 수 있는 일부터 하자고 입을 모았다. 구체적인 일상에서 변화의 바람을 일으키자는 데에 뜻을 모았다.

그 당시 여성 운동에서 가장 큰 이슈는 여성 조기 정년제, 즉 결혼 퇴직제였다. 여성은 25세가 되거나 결혼을 하면 직장을 관두어야 하는 관례가 있었다. 거의 채용도 안 했지만 채용되더라도 젊어 한때 소모품으로 쓰일 뿐이었다. 또 오래 일한다 해도 남녀 차별이 심해서 동일 노동에 동일 임금을 받지 못했다. 여성은 늘 반값이었다. 육아 휴직은커녕 생리 휴가, 월차 내기도 힘든 풍토였다. 유달리 여성에게만 능력에 상관없이 허드렛일을 시켜서 「커피 카피 아가씨」라는 노래가 불렸다.

처음부터 번듯하게 시작한 것은 아니었다. 월세에서 전세로 내 집 장만하듯 사무실을 키워 갔다. 독지가의 지원을 받을 수도 있었으나 그러지 않았다. 여성이 자율적으로 살려면 경제력이 필요하듯이, 남성 위주 사회에서 뜻을 펴려면 재정부터 자립해야 한다는 주장이 강했다. 스스로 자금을 확보하는 일이야말로 정치적 자유를 의미했다. 동인들은 다 같이 골똘히 생각한 후 의견을 모았다.

동인들끼리 계를 해서 종잣돈을 모은다.

종잣돈으로 여성 전문 출판사를 차린다.

출판사에서 수익이 나면 사무국을 차리고 활발하게 움직여 본다.

그래서 계를 했더니 4백만 원가량이 모였다. 단지 책

한 권 만들 수 있는 비용이었다. 돌이켜 보면 아직 젊어서 용감무쌍하게 맨주먹으로 시작했지, 말도 안 되는 무모한 기획이었다. 당시에 안젤라는 세 군데 출판사를 거친 베테랑 편집장이었다. 젊은 혈기에 경력만 믿고 공동 창업에 뛰어든 것이었다.

동인들은 〈자매애는 강하다〉라는 구호를 넣은 보라색 티셔츠를 맞춰 입고 출판사를 시작했다. 실무진은 달랑 안젤라 하나였다. 그것도 보수 없이 일하는 자원봉사였다. 돈은 없어도 가오는 있다고 기획력이 뛰어난 교수 그룹이 선도했다. 그 뒤에는 회비를 꼬박꼬박 내는 회원들이 버티고 있었다. 사회 현장에서 일하는 젊은 동인들은 안젤라가 도움을 청하면 달려와 책을 나르고 우편물을 보내는 등 노력 봉사를 한 후 점심까지 사주고 갔다. 그만큼 여성 운동의 필연성에 대한 공감대가 절박했다. 목구멍까지 차오른 남성 중심 사회에 대한 분노를 꾹꾹 눌러 왔던 터라, 건드리기만 하면 언어들이 쏟아져 나왔다.

할 말이 제일 많은 여성들은 가정에 고립되어 온갖 궂은일을 해내 온 주부들이었다. 주부 공부방에 신청자들이 밀려들었다. 안젤라는 신청 전화를 받느라 화장실에 갈 겨를도 없었다. 동인들 사이에서 이거 자동으로 전화가 돌아가야지 사람 살겠느냐는 푸념이 터져 나왔다. 하지만 과거 출판사에 다닐 때 활판 인쇄를 사진 식자로 바꾼 경험이 있던 안젤라는 부정적인 반응을 보였다. 그 때문에 노동자 친구들인 활판 인쇄공들이 대량 실업 사태를 겪었던 것이다. 안젤라는 그 일로 한동안 약을 먹고 억지로 신경을 안정시켜야 했다. 어쨌든 소모임 운동은 폭발적으로 잘되었고, 거기서 모인 언어로 출판한 동인지들은 1만 부 넘게 팔리는 쾌거를 이루었다.

그 과정에서 부지런히 발행한 책의 반응이 좋아서 드디어 안젤라는 월급을 받게 되었다. 그뿐만 아니라 실무자가 다섯 명으로 늘어나 여성 전문 출판사다운 규모를 갖추었다. 사장을 초빙해서 경영을 공동으로 했고, 거의 평등하게 일과 임금을 분배했다. 4대 보험을 들고 사규도 만들었다. 출판사 공동 경영은 기층 노동자 마인드였던 안젤라에게 좋은 실험의 기회였다. 연변의 조선족 교수가 방문했다가 중국보다 더 사회주의적이라고 크게 웃을 지경으로 철저하게 이상적 공동체 실험을 했다. 그러나 출판사 바깥은 여전히 거대한 자본주의

가부장제 사회였다. 대부분의 동인들은 거기에 속해 있었고, 남성들이 휘두르는 눈먼 권력을 막아 낼 힘이 절대적으로 부족했다.

안젤라는 문학에 대한 꿈을 버리지 않고 주말에 틈틈이 소설을 썼다. 20대와 30대에 걸쳐 습작해 온 소설들을 대폭 개작하고, 현재 시점에서 여성 운동 현장의 사건들과 엮어서 첫 장편소설로 형상화했다. 그렇지만 직장 생활과 소설 쓰기를 병행한 것이 너무 몸을 혹사한 경우였을까? 안젤라는 사무실에서 일하다가 하혈을 하며 쓰러졌다. 병원에서는 자궁의 물혹이 커져서 수술을 해야 한다고 했다. 성 경험이 없던 안젤라는 선배들에게 이것저것 물어보았다. 그 과정에서 여성들이 자신의 몸에 대해 얼마나 모르는지 절감했다. 그래서 여성의 몸을 주제로 토론을 시작하자고 제안했다.

사랑에는 여러 성격과 단계가 있다. 육체적인 사랑 에로스, 플라토닉한 우정 아가페, 신적인 사랑 팔루아. 일찍이 에로스에 대한 흥미를 잃어버린 안젤라는 정작 여성 운동이 성 담론으로 들끓기 시작하자 열정을 잃어 가고 있었다. 더구나 성 담론이 활발해지자 젊은 동인들이 급격히 늘어나서 세대교체의 필요성이 제기되었다. 초창기 동인들은 각계의 리더로서 저마다 유리 천장 깨기에 한창이었다.

안젤라는 여성계 리더로 크는 일에는 관심이 없었다. 그 당시 활발하던 반(反)성폭력 운동, 가정 폭력 방지 운동, 낙태죄·혼인 빙자 간음죄·간통죄·호주제 등 악법 폐지 운동, 이혼·동성애 등 성적 자기 결정권 운동, 일본군 위안부 문제 해결을 위한 수요 시위에 열심히 참여했으나 장기적이고 내적인 동력이 끓어오르지 않아서 은근히 고민이었다. 오죽하면 기획 위원들이 심드렁한 안젤라에게 무슨 주제로 일하고 싶으냐고 물을 지경이 되었다. 안젤라는 글을 쓰고 싶다, 그것도 성 문제의 배후에 도사린 계급에 관한 글을 쓰고 싶다, 전업 작가가 되고 싶다고 답했다.

「전업 작가? 복권 당첨되기보다 어려운 거 알지?」

「알아요. 하지만 더 나이 들기 전에 실패라도 해보고 싶어요.」

「왜 그리 글쓰기에 집착하는데? 지금도 책은 만들고 있으면서…….」

교수들이 물었다.

「저는 한국을 떠난 적이 없는 토종 페미니스트예요.

유학 다녀오신 교수님들과는 경험이 조금 달라요.」

「어떻게 다른데?」

「한국 여성으로서 토착적 한이 있지요.」

「토착적 한?」

「어릴 때부터 생선을 먹으면 여자들은 꼬리와 머리 부분을 먹었고, 남자들은 몸통을 먹었어요. 도시락에 달걀도 남자만 싸줬어요. 차별이 심했어요. 그런 얘기를 쓰고 싶어요.」

교수들이 와르르 웃으며 재밌다, 써보라고 했다. 그리고 안젤라에게 휴직을 권했다.

안젤라는 여성 운동 현장의 경험을 살려서 두 번째 장편소설을 써냈다. 반응이 그리 나쁘지는 않았다. 이어 할머니들을 모아 놓고 한글을 가르쳤던 경험을 바탕으로 중편소설을 썼으나 〈한글을 모르는 사람이 어딨어?〉라는 반응에 부딪혔다.

맥이 빠진 안젤라는 전업 작가 되기를 포기하고 또하나의문화에 복직했다. 그동안 아이엠에프 사태가 터졌다. 신자유주의가 습격함에 따라 출판사 사정은 나날이 나빠졌다. 후반기 5년은 호황이었던 전반기 5년에 비하면 악전고투의 연속이었다. 글을 쓸 시간이 없는 데다 경영난 때문에 잠을 설치는 날이 많았다. 게다가 경제적으로 더욱 어려워진 집안에서 초상을 연달아 치러야 했다. 과부하가 걸린 안젤라는 또다시 쓰러지고 말았다. 이번에는 담석 수술을 하면서 당뇨병에 걸린 것을 발견했다.

대망의 2000년대 초입, 정보화 시대를 맞아 양극화도 점점 더 심해졌다. 안젤라는 몸이 아파서 아무 대책도 없이 퇴직했다. 그리고 오래도록 죽음에 직면했다. 가만 생각하니 사는 일에 바빠서 본격적으로 해보지 못한 두 가지 일이 마음에 걸렸다. 소설 쓰기, 집회 및 시위하기. 얼마 살 것 같지 않았으므로 둘 다 해보기로 마음먹었다. 우선 소설의 이야깃거리를 주변에서 찾아보기로 했다. 자신이 살고 있던 마을로 눈을 돌렸다. 신도시는 사람 사는 이야기들의 집합소였다. 쓸거리가 차고 넘쳐서 쓰다 만 자전소설을 완성할 시간도 없었다.

거기다 일주일에 한두 번은 서울 시내에 나가 집회에 참가했다. 크고 작은 투쟁들에 참여하면서 다치기도 하고 아프기도 했다. 그럼에도 불구하고 안젤라는 일생을 망쳐 놓고 지난한 투병을 하게 한 군부 독재 정권에 대한 한이 좀처럼 풀리지 않았다. 사회 곳곳에서 적폐와 맞서고 있는 시민들을 생각하면 양심상 싸움을 그만 둘 수도 없었다. 그러다 적폐가 누적된 세월호 참사가 일어났다. 매서운 추위에도 매주 수백만 명의 시민들이 광화문에서 비폭력 촛불 시위를 벌였다.

평화적으로 정권 교체를 이룬 후 오래지 않아서 미투 운동이 터졌다. 민주화 운동에 양보했던 성 평등 운동이 폭발한 것이었다. 어쩌면 그동안 너무 지체했던 현상이었다. 안젤라는 이제야 여론이 들끓는 게 이상할 정도였다.

5. 변하는 것과 변하지 않는 것

소설이란 어떠해야 하는가? 모든 것이 빠르게 변화하는 이 시대에 오래 읽힐 명작을 쓴다는 게 과연 가능한 일인가? 내가 이토록 힘들이며 혼신을 다해 써내는 소설에 과연 무슨 의미가 있을까? 휴지처럼 구겨져 버려지지는 않을까? 문자 매체 자체가 죽어 가는 이미지 위주의 다매체 시대. 4차 혁명을 앞두고 인류의 절반 이상이 실업 위기에 놓인 지금, 여기에서 소설은 무엇인가?

안젤라가 고뇌 속에서 원고와 씨름한 지 며칠이나 지났을까, 폭염을 식혀 주며 폭우가 내렸다. 한여름의 매미는 잠잠해지고 어느덧 가을 귀뚜라미가 노래를 시작했다.

변하는 게 뭐야? 모든 게 변하지.

변하지 않는 게 뭐야? 모든 게 변한다는 사실이 변하지 않지.

우리의 의식주와 생로병사를 이어 가는 소소한 일상은 거대한 역사라는 물결 속에서 진행된다. 공동체의 역사가 씨줄이라면 개인적 일상은 날줄로서 당대라는 직물을 짜내는 것이다. 역사적 물결에 대응하는 개성은 다 달라서 시대라는 직물은 오묘한 색깔과 무늬를 갖게 된다. 그 거대 담론과 미시 담론이 교직하며 짜내는 무수한 이야기 속에서 나의 소설은 과연 어떤 서사를, 어떤 관점에서, 어떤 미학으로 창작해 내고 있는가?

휘몰아치는 바람이 글 쓰다 말고 종이에 낙서하고 있는 안젤라의 손가락 사이로 휙 지나갔다. 시원하다. 낙서를 계속한다.

이념, 믿음, 철학, 예술이 현실에 기반을 두지 않을 때, 즉 추상이 구체적 일상과 연결되지 않을 때 얼마나 공허한가? 아무리 멋진 말도 사랑이 없으면 울리는 꽹과리에 불과하다는 성경 말씀도 있다. 그렇다면 독신인 내게 사랑이란 무엇이었나? 구체적 일상에 대한 사랑 없이 무엇을 위해 투쟁해 왔고 무엇을 위해 일해 왔나? 가난과 억압, 편견 등으로 제대로 사랑할 수 없게 하는 세상에 대한 분노 때문에 싸워 왔지. 빈곤과 결핍 때문에 일해 왔지. 긍정적 열정이 아닌 부정적 화병의 힘으로 살아온 거야. 염전의 일꾼처럼 짜디짜게 살아 내야 했던 긴 세월……. 그래서 얻은 게 뭐야? 도대체 왜 산 거야? 왜 쓰는 거냐고? 왜 글 쓰느라 구체적 인생을, 보편적 삶을 놓치는 거냐고?

그때 글 쓴답시고 청소를 얼마나 게을리했던지 바퀴벌레 한 마리가 책상 위를 바쁘게 쏘다니는 게 보였다. 세상에, 청소나 해야겠다. 진공청소기를 가져오려고 일어나는 순간, 또 하나의 생각이 안젤라의 머릿속을 강타했다. 저 하잘것없는 벌레도 저렇게 열심히 먹이를 찾아 돌아다니는데, 일하고 번식하고 존재하는 그 자체에 만족하는 듯 최선을 다해 사는데, 자신의 생명이 마치 우주 전체인 듯이 열심히 살고 있는데…….

멍하니 서서 바퀴벌레가 쏘다니는 모양을 보고 있는데 휴대폰이 울렸다. 요세피나였다. 요세피나는 차분한 어조로 뒷이야기를 마무리했다.

저녁을 먹은 후 요세피나는 남편과 거실에서 이야기를 나누었다. 큰딸과 아들은 각자의 방으로 들어갔고 작은딸은 주방에서 설거지를 하고 있었다.

「여보, 난 가끔 옛날을 추억할 때가 있었어.」

「그럼 당연하지. 나도 그러는데…….」

「이번에 만나 보고 확실히 알았어. 역시 내 사람이 아니었구나. 실망스러웠지만 마음이 후련해. 애들 키우고 당신 뒷바라지하고 시부모, 친정 부모 봉양하고 주말농장 에서 흙 묻히고……. 이런 지루하면서도 바쁜 일상이 얼마나 소중한 것이었나 깨달았어. 사실 강남에 터 잡은 동창들 부러워했어. 집값이 뛰어서 벼락부자가 되어 넉넉하게 사니까. 우리는 집값도 안 오르는 교외에서 이렇게 빡빡하게 살아야 하나 불만이었거든. 그런데 그 친구를 만나 보고 알았어. 건강한 서민으로 살 수 있다는 건 감사한 일이야.」

「와, 대단한 깨달음이네. 그럼 이번 주말에는 농장에 가지 말고 온 가족이 외식할까? 스테이크 먹으러…….」

남편은 질투가 난 모양이었다.

「아니. 주말농장에서 호박 따서 된장찌개 끓여 먹자.」

「귀찮고 힘들잖아?」

「괜찮아. 소박하고 정겨운 일상의 맛은 먹어도 먹어도 질리지 않으니까.」

남편은 가만히 미소를 지었다. 그러자 설거지를 끝낸 둘째가 끼어들었다.

「그거 괜찮은 글감이네요. 이번에 백일장에 나가면 써먹어도 되죠?」

모처럼 가족들 사이에 웃음이 번졌다. 정말로 행복한 그때 요세피나는 문득 이대로 죽고 싶다는 생각을 퍼뜩 했다. 알 수 없는 일이었다.

전화로 이야기를 듣고 있던 안젤라가 크게 웃었다.

「인간은 단순한 생명체가 아니야. 의미가 없으면 못 살지. 행복한 일상, 무사한 생존만으로는 만족을 못 하는 거야. 행복한 바퀴벌레는 아니니까. 무언가 치열하게 헌신할 의미가 필요하지. 너 은근히 글 쓰고 싶어 하지? 그래서 나한테 자주 오고. 글 써!」

「그래야겠어, 선배. 우리 둘째가 이번에 백일장에서 장원했어. 그동안 평범한 일상을 지겨워하고 가족들에게 불만을 품은 걸 고백했대. 그러면서 스테이크같이 화려한 맛은 금방 질리지만 된장찌개같이 담백한 일상의 맛을 느낄 줄 알게 될 때 비로소 성장하게 된다는 내용이었나 봐. 심사 위원들이 만장일치로 뽑았대. 덕분에 우리 둘째, 예고로 진학하게 될 거 같아.」

「대단하다. 너희 가족은 평범한 가운데 비범한 사람들이야.」

「고마워요. 그나저나 선배는 어찌 지내?」

「건강과 경제 사정이 나쁜 거 빼고 다 잘 지내.」

그때 현관에서 초인종이 울렸다.

「누가 왔나 보다. 다음에 또 통화하자.」

전화를 끊고 현관문을 열자 아녜스가 환하게 웃으며 떡을 내밀었다.

「웬 떡이에요?」

「취직 기념으로 돌리고 있어요. 마침 남편이 떡집에서 아르바이트를 시작했거든요. 한과 만드는 걸 배우겠대요. 어휴, 공부만 하면 되는 줄 알더니 이제야 철이 드나 봐요. 그런데 안젤라, 복지관에서 문해 교육 강사도 뽑는대요.」

「그래요? 응시해 봐야겠네요. 국어 교사 경력도 있고 문해 교육 강사 경력도 있어요.」

「합격하면 한턱내는 거예요.」

「물론이죠. 참, 안으로 들어오세요.」

「아니에요. 다른 집도 돌려야 해서요. 다음에 봬요.」

「고마워요.」

안젤라가 미소로 답했다.

안젤라는 한동안 고요히 명상에 잠겨 있었다. 창밖은 모처럼 맑게 개었다. 스카이라인을 다독이며 하얀 뭉게구름 밭이 펼쳐져 눈이 시원했다. 오래도록 바라보고 있자니 불타오르기에 지친 태양이 슬그머니 졸기 시작했다. 그러자 주홍빛 노을이 잘 익은 감색으로 번져 나갔다. 하늘은 맑은 코발트블루에서 잉크빛 남색으로, 이어서 거무스름한 먹빛으로 진해졌다. 금빛 구름은 서서히 다 타버린 진회색으로 변해 갔다. 내 마음은 다 타버린 황폐한 사막 같구나. 쇠락의 슬픔이 안젤라의 마음을 서늘하게 했다. 그때 옛 직장 후배에게 전화가 걸려 왔다.

「잘 지내셨어요?」

「와, 오랜만이네요. 저녁 안 먹었으면 우리 집에 놀러 와요.」

「그동안 휴가차 스리랑카에 놀러 갔다 왔어요. 할 이야기가 많아요.」

안젤라는 재빨리 마음을 수습하고 경음악을 틀었다.

그리고 부산스럽게 김치찌개를 끓이고 생선을 구웠다. 스리랑카에 다녀왔다고? 이 후배, 불교 신자니까 도반들하고 같이 갔다 온 모양이구나. 평범한 일상이 된장찌개나 김치찌개 같은 거라면 여행이란 진귀한 요리를 맛보는 체험이지. 이번에는 김치찌개와 스리랑카 요리에 관한 이야기를 들을지도 모르겠군.

하긴 인생이란 끊임없이 계속되는 이야기지. 소설가는 그 이야기들을 당대에 맞게 취사선택해 내는 이야기꾼이고. 채 언어로 발화하지 못한 이야기들에 언어를 입히는 예술이 소설이니까. 독신 생활은 어쩌면 소설 쓰기에 최상의 환경인지도 몰라.

안젤라의 마음이 맑게 가라앉았다. 집 안에는 고소한 음식 냄새가 향기롭게 번지면서 반가운 손님을 기다리고 있었다.

고통과 더불어 살다

1. 일요일의 풍경

촛불로 정권 교체를 이룬 뒤 일상으로 돌아오자마자 안젤라는 심각한 고민에 빠져들었다. 퇴직한 후에는 그저 평범한 할머니로 봉사하고 글 쓰다 조용히 세상을 뜨는 게 소원이었다. 하지만 늘 그렇듯 상황은 만만치 않았다.

첫 번째로, 경제적 어려움이 노후의 안정을 위협해 왔다. 고민 끝에 어렵게 장만한 집을 팔려고 내놓았다. 둘째, 여전히 괴로운 건강 상태가 고질적으로 안젤라를 못살게 굴었다. 지긋지긋한 병에 대해 쓰라면 전집 두께의 책을 만들 수도 있을 지경이었다. 셋째, 공동체적 의무감을 벗어 버리지 못하는 현실 참여적 경향이 평화로운 일상을 방해했다. 안젤라는 제 앞가림도 못 하면서 수시로 끓어오르는 정의감 때문에 잠을 설칠 때가 많았다.

한마디로 〈돈 벌려고 건강을 망치고 망친 건강을 회복하려고 돈을 잃는다〉는 현대인의 바보스러움에 더하여 현실 참여적 경향이 마음의 평화를 빼앗고 있었다. 그래서 마음의 평안을 찾으려고 성당에 다니는데 오늘처럼 낙태죄 폐지 반대 서명지가 돌 때면 안젤라는 또다시 갈등 상황에 빠져들곤 했다.

서명지는 성전 입구의 탁자에 놓여 있었다. 교인들은 대부분 못 본 체하며 지나쳤다. 안젤라 역시 못 본 척하며 성전 안으로 들어갔다. 미사가 시작되었다. 미사를 집전하는 분은 새로 온 사제였다. 검은 뿔테 안경을 낀 우직한 사제는 농담으로 강론을 시작했다.

「사람이 물에 빠져 죽으면 뭐만 동동 뜬다고 하지요? 신부는 입만 동동 뜬대요. 수녀는 귀만 동동 뜬답니다. 평신도는 뭐만 동동 뜰까요?」

신자들은 묵묵부답으로 무표정하기 짝이 없었다. 젊은 신부는 그런 반응에 익숙한지 개의치 않고 곧바로 본론으로 들어갔다. 강론의 요지는 국회와 사법부에서 낙태죄를 심사하고 있으니 생명을 존중하는 신자들이 낙태죄 폐지를 반대하는 백만인 서명을 모아 제출하자는 것이었다.

안젤라는 조용히 한숨을 내쉬었다. 생명 존중…… 물론 중요하죠. 주변에서 낙태를 시도할 수밖에 없었던 여성들이 떠올랐다. 현실적으로 고통받는 여성들과 신성한 생명 존중 교리 사이에서 판단이 서지 않았다. 안젤라는 자신도 모르게 미사포 위로 머리를 긁적였다. 이럴 때는 빨리 집에 가서 생명 윤리에 관한 대담집이나 읽으면서 현실과 당위 사이의 긴장감을 확인하고 나름대로 생각을 정리하는 것이 안젤라다운 해결 방안이었다. 미사가 끝난 후 제법 많은 신도들이 서명을 하기 시작했다. 안젤라는 발길을 재촉해 그냥 지나쳤다.

성당으로 통하는 오솔길을 걸어 나와 상가를 지날 때였다. 분식집 앞에 초등학생들이 오글오글 모여 있었다. 얼굴이 사과같이 빨간 여자아이들이 손가락을 빨며 어묵을 넘보다가 〈오빠〉 하고 옆의 남자아이 무리를 불렀다. 키가 큰 남자애 한 명이 〈한 개씩만 먹어〉 하고 대답했다. 여자아이들이 신이 나서 어묵을 하나씩 집어 들었다. 남자아이들은 동전을 걷기 시작했다. 몇 푼 안 되었던 모양인지 남자애들은 먹지 않았다. 겨우 한 개씩 먹은 여자아이들은 존경스러운 눈빛으로 오빠들을 따라 분식집 앞을 떠났다. 뒷모습을 바라보니 여자애들을 거느리고 가는 남자애들 어깨에 잔뜩 힘이 들어가 있었다. 우습지만 서글픈 광경이었다. 저 어린 나이에 벌써 여성들은 종속되고 남자들은 지배하는 법을 배우는구나. 사랑과 존경으로…….

안젤라에게는 저런 경험이 없었다. 네다섯 살 때부터 남자애들의 경우 없음을 나무라고 싸우느라 바빴던 탓에 누구에게 의지해 본 적이 없었다. 타고난 성 평등주의자라고나 할까? 덕분에 한없이 고단한 인생을 살아내야 했지만……. 생각에 잠겨 걷다가 중학교 앞을 지나칠 때였다. 운동장 뒤편 으슥한 곳에서 몇몇 학생들이 한 학생을 때리며 협박하고 있었다. 한참 맞던 학생은 덜덜 떨며 지갑을 내놓았다. 돈을 빼앗아 든 패거리는 한 번 더 발로 차고 침을 뱉은 후 돌아서서 가버렸다. 말릴 사이도 없이 잠깐 새에 일어난 학교 폭력이었다. 바닥에 쓰러져 있던 아이는 한동안 숨을 고르더니 일어서서 절룩이며 걸어갔다. 마치 늘 있는 일인 것처럼.

말로만 듣던 학교 폭력의 현장을 길 건너에서 목격한 안젤라는 분노하고 말았다. 북녘이 중학생들 무서워 남침 못 한다는 농담이 돌더니 중학교 주변 분위기가 무섭구나. 생각이 복잡해진 안젤라는 이미 도착한 집 앞에서 내처 걸었다.

철로 옆 둑길을 지나자 고등학교가 나타났다. 그 앞에도 상가가 죽 늘어서 있었다. 갑자기 배가 고팠다. 안젤라는 지쳐서 통닭집으로 들어갔다. 안쪽 탁자를 고등학생들 네댓 명이 차지하고 있었다. 안젤라는 조용히 바깥쪽 탁자에 앉았다. 통닭은 조금 기다려야 했다. 기다리면서 휴대폰을 여는데 변성기도 지나 우렁우렁한 남자 고등학생들의 대화가 들려왔다. 안젤라는 슬며시 학생들의 대화에 귀 기울였다.

「웬일이야? 반장이 우리한테 알바 자리를 다 물어보고……. 사진관이 잘 안 돼서 용돈을 못 받으시나?」

「그게 아니라, 돈 좀 모아 방학 때 여행 가려고 해.」

「해외?」

「아니, 국내 여행. 사는 게 답답해서.」

「하긴 네가 무슨 낙이 있겠냐. 여자 친구 없어?」

「없어.」

「야, 범생. 인생에서 그거 빼면 뭐 있냐? 어쨌든 우린 오토바이 배달 자리밖에 몰라.」

「나 오토바이 잘 타.」

「그래? 그렇잖아도 피자집에서 배달 알바 구하던데. 사고 안 내고 잘 해낼 수 있겠어?」

「그럼. 난 좀 소심하잖아.」

그때 다 익은 통닭이 나왔다. 안젤라는 포장된 양념 통닭을 들고나왔다. 더 엿듣다가는 무슨 화라도 입을 것 같은 우락부락한 분위기였다. 청소년에서 청년으로 커가는 아이들. 집으로 걸어오면서 안젤라는 저도 모르게 옛날 유행가를 부르고 있었다.

집에 도착한 안젤라는 혼자서 통닭을 뜯다 말고 문득 동창들 안부가 궁금해졌다. 그중에서도 모범생 친구들 말고 과감하게 양아치 노릇을 해보려던 친구들의 소식이 궁금했다. 고등학교 때까지 감옥처럼 틀에 박힌 생활을 하다가 대학 진학과 함께 자유를 얻었던 여학생들. 대학 가면 실컷 연애할 수 있으니 지금은 공부해서 좋은 대학에 진학하라는 교사들의 충고에 따랐던 소녀들. 그리하여 그들은 대학 첫 학기부터 넘치는 자유를 주체하기 힘들어했다.

「러브 스토리」라는 영화가 대유행했다. 여학생들 사

이에서는 「러브 스토리」의 주인공처럼 긴 생머리에 앞 가르마를 탄 헤어스타일이 선풍적인 인기를 끌었다. 유학파 교수가 수업 시간에 창밖을 내다보다가 〈요즘은 세계 어디를 가나 패션이 똑같아. 긴 생머리에 청바지〉 하고 중얼거릴 지경이었다. 이른바 히피 문화의 유행이자 한국에서는 청년 문화의 시작이었다. 1953년 휴전 후에 태어나 전쟁의 상처를 직접 경험하지 않은 전후 첫 세대가 처음으로 자유를 누리게 된 것이었다.

이들 가운데 처음으로 시도했던 자유연애에서 능숙하게 대처한 여학생이 얼마나 될까? 첫사랑은 흔히 실패로 끝나기 마련이었다. 그리고 폐허가 된 자리에 엄청난 정신적·육체적 고통들이 밀려들었다. 혼전 임신에 대해서는 왜 여성만 무한 책임을 강요받는 것일까? 임신 중단은 자신의 몸에 대한 결정권 행사가 아닌가? 그것을 책임 문제에서는 쏙 빠진 남성 위주의 사회가 나서서 합법과 불법의 잣대로 심판할 수 있는가? 안젤라가 망설이는 것은 이런 생각이 자신의 체험에서 나온 것이 아니기 때문이었다. 안젤라는 낙태를 체험했던 옛 친구들을 떠올렸다. 그리고 휴대폰을 들었다.

「청이니? 나 안젤라.」

「어머, 너 웬일이니? 전화를 다 해주고. 어떻게 지내?」

「그럭저럭 지내지. 돈 못 버는 문제하고 건강 나쁜 문제 외에는 아무 걱정이 없어.」

「우리 나이에는 누구나 돈과 건강이 문제지. 그나저나 웬일로 전화를 했어?」

「송이 문병 가지 않을래? 강화도 부근의 섬에서 자기 언니랑 살고 있어. 오랜만에 만나서 우리끼리 이야기도 나누자.」

「좋아. 운전은 평이한테 맡기자.」

안젤라는 청이와 한참 여행 계획을 짰다. 마찬가지로 대학 동기인 평이에게 운전이 가능한 날짜를 물어보기로 했다.

2. 치명적 사랑

전직 은행원이자 수필가인 평이는 오랜만에 청탁받은 글을 마무리하느라 밤을 꼬박 새우고 있었다. 평생 직장 생활에 쫓기며 글을 써내느라 동동거려 왔다. 하지만 은퇴 후에는 종일 붙들고 있는데도 늘 시간에 쫓겨서 마감했다. 한 문단 쓴 후에 차를 마시면서 생각을 가다듬으려고 거실로 나갔다. 소파에 딸이 책을 읽다 말고 잠들어 있었다. 무슨 책인가 흘낏 보니 『82년생 김지영』이었다. 소파 밑에는 『무소의 뿔처럼 혼자서 가라』가 다 읽은 듯 던져져 있었다. 티 없이 맑은 얼굴로 잠든 딸은 중년에 들어섰다고 하기에는 어려 보였다.

내일 출근해야 하는데 방에 가서 편하게 자라고 깨울까 하다가 그냥 내버려 두었다. 평이에게는 여전히 어린애 같은 딸이었다. 억지로 깨우면 잠투정하면서 울

것 같았다. 어이구, 내 새끼. 딸은 결혼한 지 10년이 넘도록 아이가 생기지 않았다. 시집살이가 원만할 리가 없었다. 주말이면 집에 있는 것이 불편하다고 홀로 친정에 와서 쉬고는 했다. 친정이라고 마냥 편할 리가 없었다. 연로한 외할아버지가 살아 계셔서 목숨 줄 놓기 전에 손주가 생기기만 기다렸다. 주말에 혼자 와서 쉬면 사위와 놀지 않는다고 못마땅해했다. 딸은 편히 숨 쉴 만한 자기만의 방이 없었다. 광고 회사에서 피 말리며 번 월급을 꼬박꼬박 시가에 나누어 주는데도 어처구니없는 찬밥 신세였다. 친정에 왔다 갈 때 늘 데리러 오던 사위도 점차 혼자 알아서 돌아오게끔 내버려 두었다. 10년 차 부부의 식어 가는 사랑을 이어 줄 아이는 끝내 소식이 없었다.

속이 탔다. 평이는 따듯한 차 대신 차가운 맥주 한 캔을 꺼냈다.

「엄마, 나도…….」

딸이 부스럭거리는 소리에 깼는지 냉장고에서 돌아서는 평이에게 말했다.

「내일 어떻게 출근하려고?」

그러면서 평이는 캔 맥주 하나를 더 꺼내 딸에게 건

넸다. 딸은 맥주를 건네는 평이의 허리를 와락 끌어안더니 가만히 있었다. 마치 태아가 되어 엄마의 자궁 속으로 피신하고 싶다는 듯이……. 평이도 가만히 있었다. 다 큰 아이를 임신한 듯이……. 이윽고 모태에서 울려 나오는 것처럼 짙게 가라앉은 목소리로 딸이 물었다.

「엄마, 이혼했을 때 어땠어?」

한참 만에 평이가 대답했다.

「아주 힘들었어. 너만 보고 견뎠지.」

평이의 음성은 혈액처럼 심장에서 터져 나와 딸에게 전달되고 있었다. 한참 후에야 딸이 엄마 몸에서 팔을 풀고 맥주를 받아 들었다. 모녀는 소파에 나란히 앉아 맥주를 조금씩 마셨다.

이혼까지 생각하고 있다니 끔찍했다. 딸만은 어떻게든 백년해로하기를 원했다. 이 아이를 낳았을 때 얼마나 기뻤던가? 물론 남편도 좋아했다. 하지만 좀 이상하게 좋아했다. 남편은 아이가 똥오줌을 싸면 자기도 화장실에 가고, 아이가 물을 마시면 자기도 뭔가 마셨다. 갑자기 갓 낳은 딸과 커다란 아들이 생긴 기분이었다. 그 정도로 그쳤으면 우스개일 뿐이었으리라. 마마보이였던 남편은 아내의 관심이 자신을 떠나 아이에게 머무는 것을 은근히 질시했다.

신혼이 지나자 남편은 같이 다녔던 대형 은행을 때려치우고 사회 운동을 하겠다고 뒤늦게 대학생처럼 밖으로 나돌았다. 생활은 전적으로 평이에게 떠맡겼다. 그것만으로도 참기 힘든데 남편이 바람을 피운다는 것을 알았을 때 평이는 이혼을 생각하기 시작했다. 그러다 남편이 사업한답시고 거액을 빚져서 은행으로 빚쟁이들이 들이닥치는 일이 벌어지자 결국 이혼을 요구했다. 남편은 펄쩍 뛰며 안 된다고 고집을 부렸다.

안개가 잔뜩 낀 밤이었다. 남편이 술 취해 들어와 다투다 말고 잠들어 버렸다. 평이는 미리 싸놓았던 짐 가방을 들고 딸아이를 꼭꼭 둘러업은 채 집을 나섰다. 안개가 짙은 거리를 뒤뚱뒤뚱 걷다가 간신히 택시를 잡았다. 그리고 아무도 모르게 준비해 놨던 은신처인 단칸 셋방으로 숨어들었다. 빚쟁이들한테 노출된 직장에는 사표를 내놓은 상태였다. 남편이 찾아올까 봐 친정에도 가지 않았다. 한동안 퇴직금으로 딸아이와 단둘이 숨어 살았다. 아이가 어린이집에 다닐 만큼 컸을 때 평이는 중소 은행에 취직할 수 있었다. 그때는 이미 오랜 연락

두절로 자동 이혼이 된 상태였다.

그 후 이혼 여성으로 직장에 다니면서 아이와 살아내는 일은 한마디로 전쟁이었다. 생활 〈전선〉이라는 말이 괜한 이야기가 아니었다. 엄마의 고충을 알았는지 딸아이는 무난한 모범생으로 자라 주었으나 외로움을 타고는 했다. 어릴 때부터 목에 집 열쇠를 걸고 다니다 빈집으로 돌아와야 했으니까. 결국 외로웠던 아이가 사고를 쳤다.

딸아이가 고등학생 때였다. 평이가 직장에서 시달리다 피곤한 몸으로 밤늦게 현관에 들어서는데, 웬 남학생이 털썩 무릎을 꿇었다.

「용서해 주십시오. 끝까지 책임지겠습니다.」

차근차근 이야기를 듣던 평이는 딸아이가 임신한 것을 알고 기절하고 말았다. 대학 입시를 앞두고 이 무슨 변괴인가? 두말할 것도 없이 낙태를 시켰고, 대학에 못 가면 모녀 관계를 끊겠다고 엄포를 놓았다. 딸아이는 무난히 대학에 진학했고, 취직한 후 결혼했다. 별로 복잡할 것 없는 내력이었다. 오직 단 한 번의 실수였을 뿐 나머지는 곧게 걸어온 딸이었다. 오히려 그 덕에 다시는 실수하지 않았다. 그런데 낙태 수술이 잘못됐던 걸까? 평이는 눈앞이 뿌예졌다. 이혼한 뒤 홀로 버텨 온 모진 세월을 딸마저 반복하게 하고 싶지 않았다.

뜨개질을 하면서 무심코 텔레비전을 보고 있던 청이는 화들짝 놀랐다. 얼마나 놀랐는지 온몸이 부들부들 떨렸다. 마침 가족들이 아무도 없는 낮이었다.

분명해. 맞아, 그 아이야.

심장이 마구 뛰면서 혈압이 올랐다. 청이는 뜨개질을 멈추고 소파에 시부저기 누웠다.

마치 산통을 겪는 것처럼 온몸에 진땀이 후줄근하게 흐르기 시작했다. 꿈인지 생시인지 모를 반수면 상태에 접어들면서 정신이 아득해졌다. 깊은 구렁 속에 내던져 억지로 생매장했던 젊은 시절의 추억들이 한 장 한 장 떠올랐다.

새내기가 된 봄날은 환하고 밝았다. 청이는 같은 과에서 그리스 조각같이 아름다운 청년을 발견했다. 과에서 홍일점이었던 청이는 자연스레 그와 캠퍼스 커플이 되었다. 황홀한 행복감에 불안하기까지 했던 1학년 가을에 유신 방학이 터졌다. 맹렬한 반대를 예상한 정권은 미리 긴급 조치를 연달아 발령하여 학교를 무장한 군대로 봉쇄했다. 임시 휴교가 선포된 이후 대부분의 캠퍼스 커플이 깨졌다. 청이는 연적이 생겨 실연당한 경우였다. 남자 친구는 청이를 외면하고 동아리 여자 친구와 어울리기 시작했다. 그 여자는 청이가 보기에도 나무랄 데 없이 멋졌다. 청이는 자신감을 잃고 주눅 들어 괴롭게 술을 배웠다. 그리고 술독에 빠져 지내다 보니 엉망진창이 된 것은 당연했다.

2학년 1학기였다. 청이가 학교에서 터덜터덜 집으로 돌아가는데 갑자기 비가 내리기 시작했다. 거센 비였다. 어느 가게 처마 밑에 멈추어서 비를 긋는데 뒤에서 남자 목소리가 들렸다. 들어오세요. 돌아보니 키가 훤칠한 카페 주인이 안으로 들어오라고 권했다. 집에서 멀지 않은 곳이었다. 별생각 없이 들어가 본 카페에서 청이는 주인과 이야기를 나누며 위스키를 마셨다. 카페 주인은 굉장한 달변으로 심오한 생각들을 풀어놓았다. 사방에 서양의 히피와 가수, 예술가의 사진이 걸려 있었다. 재니스 조플린의 노래가 나올 즈음 독주에 취한 청이는 그대로 소파에 쓰러져 잠들었다.

그리고 청이는 두 번째 사랑이자 첫 경험을 하게 되었다. 나중에 알고 보니 그 사장은 처자식이 있는 유부남으로 프리섹스주의자이며 마리화나 중독자였다. 고위 관료의 아들로 미군 부대 군인들과 술과 섹스, 마약과 이권 사업을 주고받는 조직 두목이기도 했다. 사장의 정체를 알게 된 청이는 재빨리 발을 뺐지만 이미 임신한 후였다. 그제야 청이는 꼼짝없이 수렁에 빠진 것을 알고 위태로운 기로에서 친구들에게 도움을 청하지 않을 수 없었다. 친구들은 돈을 모아 낙태를 추진했다. 그러나 용산에 있던 산부인과에서는 늦었다고 했다. 그냥 출산한 후 마침 아이를 원하는 부부가 있으니 입양하라고 했다. 달리 뾰족한 수가 없어서 청이는 의사의 권유에 따랐다. 건강한 아이를 낳았고 입양을 시켰다. 산부인과에서는 퇴원할 때 입원비는커녕 아이를 넘긴 대가로 돈까지 쥐여 주었다.

새삼스레 청이가 겪었던 고통과 비애에 대해 이야기할 마음은 없다. 청이는 허깨비같이 변해 버렸다. 학교를 휴학하고 집 안에 틀어박혀 레이스만 짰다. 아이 옷부터 식탁보, 침대보, 커튼 등 하얀 레이스 실로 짤 수 있는 모든 것을 짜냈다. 그리고 힘겹게 복학한 뒤 엄청난 학구파가 되었다. 남들이 데모에 열중해 있던 시절 청이는 도서관에 처박혀 공부만 했다. 덕분에 일찌감치 공무원 시험에 합격했다.

공무원이 된 후 성실한 근무 태도로 일관하던 청이가 어느덧 결혼을 하게 되었다. 대학 동기와 마음이 맞았던 것이다. 둘은 야외에서 간소한 대안 결혼식을 올렸다. 꿈같은 신혼에 아들 하나를 얻었다. 남편은 노력 끝에 모교의 교수가 되었고, 명강의로 이름을 날렸다.

청이는 다른 생각을 할 겨를이 없었다. 병약한 남편은 쉴 새 없이 잔병치레를 해댔고, 아들 키우면서 직장 생활을 해내기도 벅찼다. 게다가 친정과 시가 뒷바라지도 고됐다. 도대체 여자들 없으면 세상이 어찌 돌아갈지 의심스러울 지경이었다. 몸이 열 개라도 감당하기 어려울 만큼 바빴던 시절이 지났다. 아들은 어려운 취직을 해냈고 마침내 여자 친구를 데리고 왔다. 며느리는 신참 교사이자 전교조였다. 청이는 며느리를 따라 뒤늦은 나이에 의식화된 공무원으로 활발하게 활동하다가 정년퇴직했다. 한 번의 실수가 있었을 뿐 대체로 성공적인 생애였다.

문제는 가끔 꿈을 꾸는 것이었다. 입양을 보낼 수밖에 없었던 갓난아이에 관한 오만 가지 악몽이었다. 오랜 세월이 흐르도록 꿈은 다양한 형태로 반복되곤 했다. 그러다 드디어 텔레비전에서 그 아이를 본 것이었다. 틀림없어. 나랑 똑 닮은 얼굴이야. 그리고 내가 지어 준 이름을 그대로 쓰는 것도.

아이는 잘 자란 어른이 되어 말했다. 저는 미국 시카고에 삽니다. 양부모가 한국에 있을 때 용산에서 입양됐습니다. 지금은 대학 도서관에서 사서로 일합니다. 결혼했고 아이도 있습니다. 잘 키워 주신 양부모에게 매우 감사하지만, 한국의 엄마를 꼭 만나고 싶습니다.

화면을 녹화해서 몇 번씩 돌려 보고 있는데 전화가 걸려 왔다. 안젤라였다. 소설가이자 독신인 괴짜 친구였다.

「나 안젤라야. 송이 문병 안 갈래?」

3. 짧고도 긴 여행

다음 일요일, 소풍 가는 어린애처럼 잠을 설친 안젤라는 아침 일찍 일어났다. 우선 창문을 열고 하늘을 보았다. 바람이 구름을 깨끗이 비질해 놔서 푸른 하늘이 본래의 모습대로 맑게 드러나 있었다. 기분이 명랑해지는 날씨였다. 오늘 여행은 그런대로 괜찮을 듯싶었다. 송이에게 줄 간식으로 준비해 놓은 떡 상자를 챙겼다. 그러고 나서 옷을 차려입고 약속 장소인 지하철역으로 향했다.

일찌거니 도착한 안젤라는 역사 안 빵집에 들어가 자리를 잡고 앉았다. 휴대폰을 꺼내 간밤에 올라온 소식들을 한참 본 후에야 청이가 나타났다. 선글라스를 멋지게 끼고 근사하게 차려입은 모습이었다. 그러나 안젤라 앞에 앉아서 선글라스를 벗자 지친 눈빛이 나타났다. 그 때문에 창백한 얼굴은 우울해 보이기까지 했다.

「웬일이야? 고단해 보여.」

「아침 일찍 나오느라 그렇지.」

청이는 입양시킨 아이를 발견한 후 잠을 설친 지난 일주일간의 이야기는 하지 않았다. 다만 커피를 주문해 마시며 마치 심한 추위에 시달리는 사람처럼 따듯한 컵을 감싸 쥐고 있었다. 평소 수다가 지나치다 싶을 만큼 명랑한 청이답지 않은 태도였다. 오래지 않아 평이가 전화를 걸어와 나오라 했다. 둘은 서둘러 택시 정류장 쪽으로 향했다. 택시들 뒤편에 주차해 있는 평이의 차가 보였다.

「아침 안 먹었지?」

안젤라가 빵집에서 산 샌드위치와 커피를 건넸다.

「고마워. 그렇지 않아도 아침부터 딸내미를 데려다 주고 오느라고 밥도 못 먹었어.」

화장기 없는 얼굴에 수수한 차림으로 평이가 대답했다.

「사위가 안 오고?」

청이가 물었다.

「그렇게 됐어. 슬슬 권태기가 오나 봐.」

평이는 비교적 솔직하게 대답했으나 긴말은 하지 않았다.

「결혼 10년 차면 그럴 만도 하지.」

청이가 우울하게 중얼거렸다. 평이가 차를 출발시키며 화제를 돌렸다.

「안젤라는 어떻게 지냈니?」

「나? 공부하느라 정신없어. 낙태죄 폐지를 두고 서명해야 할 일이 생겼거든.」

안젤라가 마침 잘됐다, 의논하자 하는 투로 말했다. 그러자 청이가 못마땅해하며 투덜댔다.

「도대체 우리 나이가 몇인데 그런 걸로 공부를 하고 그래? 안젤라는 고민을 사서 한다니까. 자기 문제도 해결 못 하면서 온 세상 고민은 다 끌어안아요, 나 참.」

「놔둬. 안 그러면 가족도 없는 홀몸이 지루하고 단조로워서 뭐 하고 살겠니? 세상 고민 다 하느라 바빠서 외로울 틈도 없다니 천만다행이지, 뭐.」

아둔한 안젤라가 냉소적인 분위기를 파악하지 못하고 진지하게 토론하려고 했다.

「그게 그렇게 단순하지 않더라고. 낙태죄를 폐지하면 우등 인간 키우기가 합법화될 수 있어. 그러면 인공

지능 시대와 결합해서 인간 종의 변화가 급속히 빨라질 거야. 네안데르탈인이 멸종하고 호모 사피엔스라는 새 인류가 나타났듯이 우등 종족만 살아남는 계기가 될 수도 있어. 그런 변화가 디스토피아로 갈지 유토피아로 갈지는 모르지만, 어쨌든 계급 고착은 더 심해질 거야.」

「그런 안드로메다급 고민을 하는 거 보니 참 한가하다. 실생활에서 실존적인 고민을 안 해봐서 그래. 낙태죄가 있으나 마나 하게 된 현실부터 생각해야지. 비현실적인 공상 과학 소설을 쓸 때가 아니야. 실제로 얼마나 많은 여성들이 고통을 겪고 있는 문제인데…….」

평이가 느긋하게 말하면서 웃었다. 청이도 마지못해 따라 웃었다. 한번 웃고 나니까 분위기가 한결 가벼워져서 세 사람은 신나게 수다를 떨었다. 학생 운동에 참여했던 기억과 직장 생활 그리고 그 세계에서 만난 지인들 이야기를 두서없이 떠들었다. 어느덧 강화도에 도착해 있었다.

「점심 먹고 가자.」

차를 세우고 세 사람은 급하게 담배를 꺼내 물었다.

「우리가 언제부터 담배를 피웠지?」

「대학교 때지. 청년 문화가 유행했으니까. 여성 해방

은 흡연으로부터 시작되는 것으로 오해했었지. 청바지와 통기타, 생맥주와 담배.」

평이가 웃었다.

「장발과 미니스커트.」

안젤라가 뒤를 이었다.

「마리화나와 프리섹스.」

청이가 말을 이어 가자 평이가 어깨를 으쓱했다.

「마리화나와 프리섹스는 외국 애들 이야기고. 우리는 거기까지 빠지진 않았어. 극히 일부가 잠깐 실수하는 정도였지. 그놈의 유신 체제와 싸우느라 심각하지 않을 수 없었거든. 소위 정치적 올바름이란 거.」

「그래. 마냥 놀기에는 현실이 각박했지.」

누구랄 것 없이 이야기를 주고받으며 담배를 피운 후 세 사람은 식당으로 들어갔다. 해물탕을 시켜 나누어 먹으면서 평이가 물었다.

「송이 외아들이 장가갔다며?」

「응, 장가 잘 갔어.」

「천만다행이다. 송이가 아들은 알아본대?」

「요즘은 잘 못 알아보고 깜박깜박하나 봐. 지능이 일곱 살 정도라고 보면 돼.」

「그 똑똑하고 용감하던 송이가 어떻게 그리될 수가 있지.」

대학 시절 송이의 모습을 기억하는 청이가 믿기지 않는다는 듯이 중얼거렸다.

원인은 수도 없이 많았다. 민주 진영이 분열됐을 때 상심과 함께 찾아온 허무주의, 한 번도 자유로울 수 없었던 경제적 빈곤, 여성이기에 겪어야 했던 운동권 내부에서의 차별, 함께 싸워 온 지인들의 죽음……. 안젤라는 송이를 떠올리면 한없는 갈증이 생겨났다. 결국 해물탕은 몇 술 뜨지 않고 연거푸 물만 들이켰다.

강화에서 섬으로 들어가는 선착장은 그리 멀지 않았다. 평이는 선착장에 차를 세우고 배가 들어오기를 기다리기로 했다. 청이와 안젤라는 표를 끊기 위해 차에서 내렸다. 매표소를 나오자 등나무 벤치가 보였다. 날씨가 춥긴 했지만 담배를 피우기에 딱 좋은 장소였다. 두 사람은 담배를 꺼냈다. 갈매기들이 끼룩거리며 사람 머리 위로 낮게 날았다.

「사람들이 새우깡을 던져 주니까 갈매기들이 저렇게 낮게 날아다니나 봐.」

「새우깡 한 봉지 살까?」

「그러자. 배 들어오면.」

둘은 한참 하늘을 올려다보았다. 쾌청했던 하늘에 슬슬 회백색 구름이 끼기 시작했다. 하얀 배를 드러낸 잿빛 갈매기들이 날쌔게 날아다녔다.

「와, 갈매기들 은근히 크다.」

「생각나? 조나단 리빙스턴 시걸.」

「『갈매기의 꿈』 말이지?」

「응. 안젤라는 그 꿈꾸는 갈매기를 닮았어. 다른 갈매기들처럼 먹이와 종족 번식에 열중하지 않고 끊임없이 꿈을 찾아 헤매는 엉뚱한 갈매기. 너도 남들처럼 살아봤어야 대중적인 베스트셀러를 쓸 텐데, 워낙 남다르게 살아왔으니……. 작품이 개성적이긴 한데 대중적이진 않은 것 같아. 좀 쉽게 써봐, 팔리게. 그나저나 너 섹스는 제대로 해봤니?」

안젤라의 얼굴이 수줍게 빨개졌다. 청이가 놀리기 시작했다.

「석녀야, 무성애자. 평생 결혼을 한 번도 못 해본 바보. 하하.」

낯빛이 붉으락푸르락하던 안젤라가 힘겹게 말을 토

해 냈다.

「나도 플라토닉한 사랑은 해봤어. 나는 영혼이나 마음이 먼저 통해야 진정한 사랑을 할 수 있다고 생각해서 대화가 되는 사람을 찾았어. 그런데 대화가 되는 남자가 별로 없었을 뿐이야.」

「이 맹꽁이 좀 봐. 남녀 관계는 말보다 몸이 먼저야. 성관계가 언어보다 더 정직한 대화라고. 정신적 사랑이 사랑이니, 우정이지.」

안젤라는 충격을 받은 표정으로 중얼거렸다.

「나도 섹스 북은 읽어 봤어. 밑줄 쳐가면서 열심히 읽었다고.」

「이론 공부만 했다 이거지?」

청이가 허리를 잡고 크게 웃었다. 안젤라가 당황해서 우물거렸다.

「난 남녀 간의 사랑보다는…… 진리에 대한 열정이 많았어. 여성 선각자 중에서도 자유의 선구자 시몬 드 보부아르보다 고통의 철학자 시몬 베유를 더 좋아했어. 그러니까 한마디로 대단한 소설가가 되고 싶었어.」

「그럴수록 연애부터 제대로 해봤어야지. 사랑의 쓴맛과 단맛을 뼈저리게 겪어 봤어야 인생이 뭔지 알아서

명작이 나오는 거지.」

안젤라가 샐쭉해져서 두 번째 담배를 꺼내 물었다. 청이도 담배를 물며 한숨을 쉬었다.

「너 내가 혼전에 아이를 낳았던 거 알지?」

「응, 알아.」

「얼마 전에 그 아이를 텔레비전에서 봤어.」

뱃고동이 길게 울렸다. 배가 들어오고 있었다. 둘은 서둘러 담배를 끄고 차로 다가가 표를 건네주었다. 평이는 차를 몰고 배 안으로 들어갔다. 청이와 안젤라는 줄지어 걷는 사람들을 따라서 2층 객실로 올라갔다. 객실을 한 바퀴 둘러본 후 갑판으로 나가자 평이가 담배를 피우다가 물었다.

「뭐가 그렇게 재미있어서 꼬꾸라질 듯 웃었어?」

청이가 새삼스레 다시 웃음을 터뜨렸다.

「안젤라가 섹스 북을 밑줄 치며 읽었단다.」

평이가 피식 웃었다.

「이론만 알아 가지고 뭘 하겠어? 실천을 해봐야지. 섹스가 생각보다 쉽지 않아. 여자는 남자와 달라서 분위기도 타야 하고 시간도 필요해. 제대로 느끼려면 한참 걸린다니까. 나도 결혼하고 나서 한참 후에야 겨우

오르가슴을 느꼈으니까. 섹스에서 절정이 매번 오는 게 아니야.」

「나는 그럴 여력이 없었어. 너무나 가난해서 늘 일해야 했으니까.」

「변명하지 마. 말도 안 돼. 노동자들도 다 결혼하고 애 낳고 살아. 네가 눈이 터무니없이 높고 비현실적이라 그렇지.」

평이도 안젤라에게 면박을 주었다. 안젤라는 쓰게 웃고 말았다. 누가 알아주리오? 국가 폭력 후유증으로 힘겨운 투병을 해낸 과정과 고된 노동 시간을…….

셋은 옷매무새를 가다듬고 기념사진을 찍었다. 그사이 배가 섬 기슭에 닿았다. 송이의 친언니 몽이가 차를 몰고 마중 나와 있었다.

4. 끝없는 악몽

몇 해 전 송이에 관한 책이 나왔다. 친구들은 송이를 운동권 여성 투사로만 미화시켰다고 안젤라에게 비하인드 스토리를 쓰라고 권했다. 안젤라는 대뜸 거절했다. 혁명가든 활동가든 완벽한 인간이란 있을 수 없다. 결점만을 쓰자면 어떤 인간이든 장편 한 편은 쓸 수 있는 게 인간 속성의 불완전함이었다. 그때 송이 이야기를 영화로 만들려던 시도가 무산되었다는 소식을 들었다. 너무 비현실적이어서 거짓말 같다는 것이었다.

유신 시대 긴급 조치 피해자에 대한 민사 재판이 진행 중인 상황에서 송이 문제는 단칼에 정리되지 않고 의견이 분분했다. 분단 현실에 성 모순, 계급 모순, 민족 모순이 복잡하게 뒤얽힌 채 자본 권력 아래서 70년 넘게 온갖 불행한 인간사가 왜곡되어 심화되어 왔으니까.

한 개인에게 가해진 외부적 국가 폭력과 그 개인이 맞선 내면적 심리 문제를 따로 떼어 판결하기가 쉽지 않은 모양이었다.

안젤라는 화를 냈다.

「남자들이 국가 폭력을 당하면 외상 후 스트레스 장애고, 여자들이 국가 폭력을 당하면 내면적 트라우마 때문이야? 말도 안 돼. 운동권에서도 여성 비하가 심하다는 것을 노골적으로 드러내는 거지.」

고문의 형태는 다양했다. 알 수 없는 곳에 가두고 육체적 고통을 주는 가시적 고문이 있는가 하면, 잠을 안 재우고 협박하고 회유하면서 수치심과 모멸감을 자극하는 비가시적 고문도 많았다. 그래서 미치기 직전까지 몰아갔다. 저항 세력이 무기력해지고 소외되는 것이야말로 그들이 노리는 바일지도 몰랐다. 그런데 고문을 이겨 내서 감옥에 가면 정의롭고, 미쳐서 정신 병원에 가면 무시해도 되는 것일까? 강자 우선 논리는 고문 후유증 재판에도 그대로 적용되고 있었다.

송이를 두고 같은 여자들 사이에서도 갈등이 심각했다. 가부장 체제에 조화롭게 살아 낸 여성들과 가부장 체제에 저항적으로 살아온 여성들 사이에서 특히 의견이 분분했다. 송이를 옹호하는 사람들은 가부장 체제에 저항적인 페미니스트들인 경우가 많았다. 그렇다 보니 그 사이에서 다툼이 일기까지 했다. 심지어 송이의 인간성이나 가족 문제부터 경제 감각까지 거론되었다. 문제가 안 되는 것은 사회 운동 경력뿐이었다. 누구나 송이가 민주화 투쟁을 열심히 했던 것은 인정했다. 나머지는 도마 위에 올려져 난도질당하는 소리가 시끄럽기 짝이 없었다.

안젤라는 공직 인사를 앞두고 검증하는 것도 아니건만 중증 장애인이 된 송이가 왜 난도질을 당해야 하는지 알 수 없었다. 아마도 송이에 관한 견해를 밝힘으로써 저마다의 마음에 껄끄럽게 남아 있던 회한과 죄책감을 털어 내려는 건 아닌지 의심스러웠다. 한마디로 제 눈의 들보는 못 보고 남의 눈에 있는 티끌을 탓하는 거였다. 가만 보면 타인에게 공격적인 사람일수록 허점과 단점이 많은 듯싶었다.

선착장에서 출발한 몽이 언니의 차를 따라서 송이네 집에 도착했다. 울타리도 대문도 없는 단층 슬래브 집이었다. 낮에도 불을 켜야 하는 어두컴컴한 실내에는 큰방과 작은방, 주방이 딸린 작은 거실과 화장실이 있었다. 송이는 작은방 침대에 누워 있었다. 심하게 화상을 입은 송이에게서 함초롬하던 옛 모습은 찾아보기 어려웠다. 거기다 두 눈이 멀고 팔다리가 불편했다. 목숨만 붙어 있는 중증 장애인이 된 것이었다.

아무도 송이가 그토록 심한 화상을 입게 된 경위를 몰랐다. 어린애 수준으로 기억력이 퇴화한 송이는 집에 불이 난 상황을 제대로 진술할 수 없었다. 송이는 조금 전에 있었던 일도 기억을 못 했다. 오히려 남들은 까맣게 잊어버린 오래전의 일을 기억해서 느닷없이 묻고는 했다. 끝없는 암흑의 미로를 하염없이 헤매고 있는 송이의 모습에 친구들은 큰 충격을 받았다.

「송이야, 우리 왔어.」

「안젤라구나.」

매달 한 번씩 1년 가까이 열두 번을 방문했더니 이제는 안젤라의 이름을 외웠다. 그러나 다른 친구들은 이미 기억 저편으로 사라진 모양이었다.

「나야, 청이도 왔어.」

「청이, 청이가 누구지?」

「기억 안 나니? 동기잖아. 평이는 기억하니? 너랑 같은 과였잖아.」

「평이? 기억 안 나.」

「친했는데…… 기억 안 나? 어쩌다 이렇게 됐니?」

「잘 몰라. 악몽에서 깨어나지 않고 있어. 힘들어. 지옥 같아.」

송이가 더듬더듬 말했다. 친구들의 눈시울이 축축하게 젖어 들었다. 잠시 침묵이 흘렀다. 얼굴 반쪽이 일그러진 송이가 멍하니 허공을 응시하다가 뜬금없이 한마디 했다.

「새내기 때 그 형을 만났어. 해직 기자였던…….」

「응, 너를 의식화했었지. 기억하는구나.」

안젤라가 쓰게 웃었다.

「이름이 뭐였더라? 나, 그 형 짝사랑했다.」

갑자기 송이가 크게 웃어 젖혔다.

「짝사랑도 해봤구나. 짝사랑이 제일 순수한 사랑이래.」

안젤라가 말을 받아 주었다.

「그 형은 약혼자가 있어서 결혼했지. 슬펐어. 하지만 괜찮았어. 첫사랑을 시작했거든.」

「감이를 기억하는구나.」

「그럼. 우린 연인이었어. 그런데 헤어졌어.」

「왜?」

「감이 집에서 반대했어. 우리 집이 너무 가난해서. 난 이불을 칼로 쭉쭉 찢어 버리고 감이 집에서 나왔어. 나 못됐지?」

친구들은 아무 말도 못 했다.

「그 후로 여자 친구들이랑 자취했어. 무섭게 가난했던 시절이지. 안젤라와 같이 과외 아르바이트도 하고 스터디도 하고 남자들 욕도 하고. 하하.」

안젤라가 문장이 짧은 송이를 대신해 설명을 덧붙였다.

「총학생회가 폭력적으로 해체당하고 여학생들끼리 데모를 시작했어. 우리 대학 최초의 여학생 시위였지. 미숙한 점도 많았지만…….」

「그래서 송이가 부자나 재벌에 대해 그토록 적개심이 강했구나. 계급 의식도 뚜렷했고.」

청이가 이해된다는 듯 고개를 주억거렸다. 안젤라는 가져온 쇼핑백을 열었다.

「떡 사 왔어. 너 떡 좋아하지?」

「그래, 나 떡 좋아해. 떡 줘.」

송이가 손을 내밀고 조르기 시작했다.

「떡 줘…… 빨리 줘, 떡.」

몽이 언니가 떡을 접시에 담고 음료수와 함께 내왔다. 그사이를 못 참고 송이가 떡 달라고 울고 보챘다. 그런 모습을 처음 본 평이와 청이는 놀라서 눈이 둥그레진 채 서로 얼굴을 마주 보았다. 안젤라는 눈먼 송이가 집어 먹을 수 있도록 떡을 작게 잘라 주었다. 송이는 마치 오래 굶었던 사람처럼 허겁지겁 먹기 시작했다.

「세상에나…… 송이 맞아? 그 영민하던 송이가 맞느냐고?」

평이가 기가 막혀서 작게 소곤거렸다. 눈으로 뻔히 보면서도 믿기지 않는 현실이었다. 끝나지 않는 악몽을 꾸는 것 같았다.

「누가 보면 내가 굶기는 줄 알겠다. 하루 종일 먹고 마시기만 해. 자꾸 살이 쪄서 안 되는데…….」

몽이 언니가 간호하느라 지친 표정으로 중얼거렸다. 송이가 떡에 열중한 사이, 친구들은 몽이 언니와 조곤조곤 이야기를 나누었다.

「재판은 어떻게 돼가요?」

안젤라가 물었다.

「무슨 재판?」

청이가 되물었다. 몽이 언니가 손님이 올 때마다 반복해 온 설명을 나른하게 되풀이했다.

「1970년대 반유신 데모를 했던 사람들이 긴급 조치법 위반으로 감옥에 갔었잖아? 그래서 긴급 조치법은 위헌이라고 피해자들이 집단 소송을 했었거든? 덕분에 무죄 선고를 받고 피해 보상도 받았어. 그런데 민사 재판은 기각되거나 아직 계류 중이야.」

「민사 재판이라면?」

「병원에 갔거나 고문 후유증을 앓는 사람들.」

청이가 고개를 끄덕였다.

「박근혜가 집권하면서 판결을 뒤집었거든. 유신 헌법은 정당했다고……. 그래서 위헌이었다고 집단 소송을 하는 중이야. 다시 위헌 판결이 나야 민사 재판에서 피해자들이 이길 수 있거든.」

「나쁜 놈들!」

갑자기 송이가 외쳤다.

「너, 유신 반대 데모하다 잡혀갔던 거 기억나?」

「그럼. 내 인생에서 제일 잘한 일이야.」

안젤라가 다시 물었다.

「정치범으로 감옥 갔던 것도 기억나?」

「그럼.」

「어떤 게 기억나는데?」

「새벽에 끌려갔어. 눈 가리고……. 지하 화장실에 뱀이 기어 다니고 있었어. 징그럽고 무서웠어.」

송이는 먼 곳으로 초점 없는 눈길을 던지더니 떡을 더 달라고 졸랐다. 안젤라가 떡을 잘라 주면서 말을 붙였다.

「나랑 교회 다녔던 거 생각나?」

「응. 너는 교사로 근무하면서 민중 교회에 다녔어. 나는 신학 대학원에 진학해서 학생 운동을 했어.」

「둘이 같이 자취하다 잡혀갔던 거 생각나?」

안젤라의 목소리가 간절하게 들렸다.

「너도 잡혀갔었니?」

송이가 심드렁하게 되물었다. 안젤라는 억장이 무너질 듯했다. 망연히 앉아 있는데 송이가 노래를 부르기 시작했다.

5·16 쿠데타로 정권을 굳혔으니
삼선 개헌 안 했으면

이 나라가 망했겠네
무궁화꽃 피고 지는 유구한 우리 역사
길이길이 보존해서 내 딸에게 물려주세

세 사람은 추임새를 넣어 주었다. 송이는 노래 가사들을 기억했다. 「단장의 미아리 고개」를 부를 때는 다른 사람들도 합창을 했다. 그러다 송이가 입을 다물더니 한참 만에 물었다.

「내 남편, 어디로 갔어? 형, 어디 갔어?」

친구들은 다시 눈시울을 적셨다.

「돈만 있었어도 형은 국회 의원이 될 수 있었어.」

안타까운 듯 송이가 중얼거렸다.

「돈 벌려고 다단계 회사에 들어갔던 거야?」

「응, 목돈 벌려고. 그러다 그렇게 됐어.」

「다단계 회사는 좋은 데가 아닌데, 네가 돈 욕심에 잘못 들어갔어.」

그 이야기는 아무도 더 하지 않았다. 송이 일생을 망친 최대의 실수였다. 경제적 궁핍으로 인해 두 사람이 떨어져 지내는 동안 형이 세상을 떠나 버렸다. 처참하게 가난했던 운동권 부부를 찢어발긴 가슴 아픈 비극.

그 후 재혼한 남편과 단둘이 살던 집에 큰불이 났다. 남편이 직장에서 돌아와 보니 집이 불타고 있었다. 소방대원이 의식을 잃은 송이를 업고 나왔다. 담뱃불에 의한 실화 사건으로 조사가 마무리되자 남편은 화재 보험금을 탔다. 중증 장애인이 된 송이는 홀로 요양원에 보내졌다. 몽이 언니가 화를 내면서 송이를 데려왔다. 정의와 투쟁, 사랑과 야망, 돈과 권력, 욕망과 몰락의 대서사가 화상으로 일그러져 버린 송이의 생애였다.

비가 쏟아질 듯 하늘이 흐려지고 있었다. 몽이 언니가 선착장까지 배웅해 주었다. 헤어지면서 안젤라가 물어보았다.

「문병 오는 사람들 많아요?」

「거의 없어. 긴병에 친구도 없어졌어.」

몽이 언니는 억울하기 짝이 없다고 말했다.

「문병 안 오는 건 그러려니 해. 그런데 무책임한 뒷말들이 제일 섭섭하고 화가 나. 송이가 멀쩡했으면 끽소리도 못 했을 사람들이 이제 와서 왜 그리 험담을 해대는지……. 40년도 넘은 철부지 시절의 이야기를 꺼내서 비난하고 정치적으로 악용하려고 난리야. 생각해 봐, 모든 게 가난해서, 너무나 가난해서…….」

몽이 언니가 울먹거렸다.

배가 들어왔다. 평이는 차째 몰아 탔고, 청이와 안젤라는 걸어서 갑판으로 올라갔다. 떠나가는 배를 향해 몽이 언니가 손을 흔들었다. 셋은 참았던 담배를 피우면서 흐려진 하늘을 멍하니 올려다보았다. 그때 청이가 나직이 노래하기 시작했다.

광막한 황야를 달리는 인생아
너는 무엇을 찾으려 왔느냐
이래도 한세상 저래도 한평생
돈도 명예도 사랑도 다 싫다

송이를 만나고 돌아가는 세 여자의 심정은 그야말로 바닷물에 뛰어들고 싶을 정도였다. 정확한 심리는 알 수 없었다. 다만 죽음에의 유혹을 느낄 정도로 허탈했다. 세 사람은 죽을 만큼 괴로웠던 인생의 위기를 몇 번씩 건너온 역전의 노장들이었다. 그럼에도 지금 느끼는 죽음에의 충동은 설명하기 어려울 만큼 최종적이어서 오히려 새삼스러웠다. 아마도 생명에의 충동 이면에는 죽음에의 충동이 따라다니기 때문이리라. 상승 의지가 강하면 하강의 골짜기가 깊듯이 빛은 어둠을 끌고 다니기 마련이니까.

돌아오는 차 안에서는 서로의 고민을 나누었다. 청이의 고민인 입양한 아이 이야기가 나왔을 때는 인륜은 거스를 수 없으니 미국에 가서 만나고 오라 권했다. 평이의 고민인 딸아이 불임 문제는 조금 더 노력해 보라, 인공 수정도 가능하다는 쪽으로 결론이 났다. 안젤라의 고민인 낙태죄 폐지 반대 서명 여부는 〈알아서 해. 그 정도는 네 힘으로 잘 해왔으면서 뭘 새삼스럽게 묻고 그래〉가 됐다.

세 여자는 지금 별 탈 없이 사는 것에 감사하자고, 하루하루 건강 유지에 애쓰자고 서로 덕담을 나누었다. 자식들 너무 걱정하지 말고 그 세대 문제는 그들이 스스로 해결하게 하자. 전전 세대, 전쟁 세대, 4·19 세대, 유신 세대, 전대협 세대, 한총련 세대, X 세대, N 세대, MZ 세대 모두 저마다의 과제가 있으니까. 다만 많이 미숙했던 여성 운동은 꾸준히 지속되어야 한다는 데에 입을 모았다. 건강하고 아름답게 나이 드는 것도 여성 운동의 하나다. 서로 다독이며 살자고, 가능하면 송이도 자주 찾아보자고 다짐했다.

긴 운전에 지쳤을 텐데도 평이는 안젤라를 집까지 데려다주었다. 안젤라의 집 근처 사거리에서 차가 신호를 받고 섰다. 갑자기 맞은편에서 오토바이 세 대가 굉음을 내며 빠르게 달려왔다. 그러고는 평이의 차와 나란히 서 있던 배달 오토바이를 거칠게 쓰러뜨렸다. 포위 공격을 당한 오토바이 운전자는 맥없이 넘어졌다. 길바닥이 서서히 피로 젖어 들기 시작했다. 눈 깜짝할 사이에 일어난 사고였다. 한 청년을 협공한 세 대의 오토바이는 쏜살같이 달려서 사라지고 말았다.

세 사람은 급히 경찰에 신고했다. 그리고 떨리는 가슴을 진정시키며 안젤라의 집 앞까지 왔다.

「들어와. 차 한잔하고 가.」

「아니야. 더 늦기 전에 집에 가야지.」

친구들이 검게 굳어 버린 얼굴로 간신히 입을 뗐다.

「그래. 조심해서 운전해.」

「응. 또 보자.」

가까이서 경찰차와 구급차의 날카로운 사이렌 소리가 들려오고 있었다.

5. 사진관 김 상사

「월남에서 돌아온 김 상사」라는 노래를 떠올리게 하는 이제는 백발이 된 사진관 김 상사는 태극기를 들고 고엽제 전우회에 섞여 광화문 일대를 한 바퀴 행진하고 있었다. 동원된 인원은 그리 많지 않았으나 갖출 건 다 갖추었다. 선두의 취주 악대와 후미의 방송 차량, 거대한 태극기를 든 탓에 간격을 넓혀 행진하는 퇴역 군인들과 극우 시민들. 김 상사는 그런대로 위용을 갖추어 시위하는 대열에 속한 것이 꽤 기분 좋았다. 꾸물꾸물한 날씨도 여럿이 걷기에는 쾌적했다.

대한문 앞에서 한 차례 집회를 한 후, 시청부터 광화문까지 한 바퀴 돌고, 면세점 앞 계단에 앉아 도시락을 받아먹은 다음, 지루한 연설을 한참 듣는 둥 마는 둥 앉아 있다가 일당을 받고 퇴근하면 그만이었다. 주말에 참석하면 많게는 5만 원에서 적게는 2만 원 정도 일당이 나왔다. 노인들이 실컷 욕하고 먹고 마시는 놀이로 안성맞춤이었다. 단지 스피커에서 나오는 군가 소리가 커서 옛 전우들과 이야기하려면 목청을 높이고 악을 써대야 하는 게 좀 거슬렸다. 하긴 너무 자주 만나서 이제는 별로 할 이야기도 없었다.

오늘도 전우 중 누군가가 별세했다는 소식이 들렸다. 칠순 중반이니 부고를 듣는 것이 예삿일이었다. 고엽제 전우회는 미국으로부터 곧 보상을 받아 낼 것처럼 설치더니 정권이 여러 차례 바뀌는 동안 흐지부지되고 말았다. 어쨌든 그놈의 촛불 집회 때문에 대통령이 탄핵되는 이변이 생긴 게 몹시 성가셨다.

김 상사는 전기도 안 들어오는 두메산골에서 간신히 중학교를 졸업했다. 그 후 일용직 건설 노동자로 잔뼈를 키우다가 월급을 많이 준다고 해서 월남 파병대에 자원했다.

월남전의 기억은 닥치는 대로 살아 냈다는 것뿐이었다. 미군보다 훨씬 낮은 임금의 용병이었는데도 생전 처음 만져 보는 두둑한 월급에 감격해서 이 전투 저 전투에 자진해 끌려다녔다. 베트콩을 학살한 이유는 전우들이 살해당했기 때문이었다. 휴식 시간에는 술을 마시고 마리화나를 피웠다. 무엇인가로 정신을 마비시키지 않으면 견딜 수 없는 나날이었다. 날씨도 우기 아니면 건기로 참기 힘든 환경이었다.

갑자기 철수하라는 명령을 받았을 때 김 상사는 월남 여자와 동거 중이었다. 부드럽고 애잔한 여자였다. 그녀를 임신시켜 놓은 채 김 상사는 철수 대열에 합류했다. 살아남아 지긋지긋한 전투에서 벗어난다는 게 좋았다. 돈에 팔린 미군과 용병들은 결사적으로 싸우는 베트콩들 사이에서 아무리 신무기를 쏘아 댄다 해도 패배할 수밖에 없었다. 승산 없는 전쟁이었다. 가난한 정의 앞에 부패한 부유함이 졌던 것이다.

오합지졸들한테 진 기억은 그뿐이 아니었다. 6·29 민주화 선언이니 촛불 집회도 결국 어린애들 같은 오합지졸들한테 진 싸움 아닌가? 사필귀정, 김 상사의 신조였다. 그런데 한국에 돌아오니 대통령이 부하한테 총 맞아 죽었다고 했다. 이어진 서울의 봄과 부마 항쟁과 광주 항쟁……. 군부 독재에 세뇌된 가치관밖에 없었던 김 상사는 신군부 정권이 들어섰을 때 결국 정의가 이겼다고 믿었다. 다만 그 정의가 무엇인지는 정확히 알 수 없었다.

귀국한 후 한국 여자와 결혼했다. 아들을 낳았고 한동안 행복했다. 그러나 월남에서 벌어 온 돈은 이내 바닥이 났다. 다시 건설 현장에 나갔으나 살림을 감당할 수 없었다. 중동 건설 현장으로 향하는 비행기를 타게 됐다. 세상과 단절된 사막 한가운데 삭막한 숙소에서 지냈고, 뜨거운 태양 아래 고되게 일만 했다. 그리하여 두둑한 돈 봉투를 아내에게 보낼 수 있었다. 아내는 눈물 젖은 편지와 함께 아들의 사진을 보내왔다. 빨리 집으로 돌아가고 싶었다.

어느 날 어머니에게서 편지가 왔다. 한글을 모르는 어머니인지라 누군가 대필을 해준 것 같았다. 아내가 춤바람이 나더니 저축한 돈을 몽땅 빼돌려 도망갔다는 것이었다. 그새를 못 참고……. 참을 수 없는 배신이었다. 김 상사는 갈가리 찢긴 마음으로 중동에서 급히 돌아오는 길에 베트남에 들렀다. 거짓말같이 그 여인이 아직도 집을 지키고 있었다. 딸 하나를 낳고 수절하면서 김 상사를 기다렸다는 것이었다. 눈물 날 만큼 감격스러웠다. 같은 여자라도 사람마다 이토록 다르구나. 김 상사의 마음이 차분히 가라앉았다. 한 해에 적어도 두세 번 들를 것을 맹세하고 한국의 어머니와 아들을 돌보러 귀국했다.

아내의 가출로 아들은 엇나가기 시작했다. 깡패 짓을 하며 본드를 불다 걸렸다. 꾸짖기도 하고 매질도 하고 달래기도 했으나 별 효과가 없었다. 김 상사는 다시는 결혼하지 않기로 다짐했다. 오로지 아들 훈육과 어머니 봉양에 힘쓸 뿐이었다. 가끔 미칠 것 같으면 순한 베트남 여인과 딸에게 다녀오곤 했다. 그러면서 막일을 관두고 집을 팔았다. 시외에 작은 사진관을 차렸다. 아직 사진이 잘될 때여서 굶지는 않았으나 사는 게 빡빡하기 짝이 없었다. 이사하고 전학한 후 아들은 서서히 철이 들기 시작했다. 밤낮없이 사진관에 붙어 일하는 아버지의 고단함을 볼 줄 알게 된 것이었다.

아들은 가업을 물려받을 생각인지 사진학과로 진학했다. 김 상사는 그저 대학에 진학해 준 게 고마웠다. 그 후 아들은 졸업하고 취직하고 결혼도 하더니 떡두꺼비 같은 손주를 낳아 주었다. 헛살지 않았다는 흐뭇함에 젖어 든 것도 잠시, 어머니가 돌아가셨다. 그러더니 사진관이 파리를 날리기 시작했다. 휴대폰이 등장해서 경영난을 겪게 된 것이었다. 아들은 아이엠에프 때 직장을 관두었다. 그리고 사진관을 물려받아 신기술을 도입하고 결혼식 출장 촬영을 다녔다. 덕분에 사진관에 다시 생기가 돌았다. 며느리는 집안을 잘 이끌었고, 손주는 모범생으로 크고 있었다. 김 상사는 속절없이 늙어 갔다. 외로운 노년이었다. 친구가 필요했다.

어느 날 김 상사는 전화를 받더니 광화문으로 나갔다. 태극기를 들고 술에 잔뜩 취해서 돌아온 김 상사는 월남전 참전 기념패와 훈장을 꺼내 진열했다. 태극기는 문 앞에 달았다. 아들과 며느리가 싫어할까 봐 눈치를 살폈으나 별다른 기색이 없었다. 아버지의 인생이고 곧 스러질 세대라고 포기한 듯했다.

그날도 김 상사는 광화문 일대를 행진하며 광장 안에 모여 있는 노란 리본들을 힐끗 보았다. 그때 눈에 띄는 사람이 있었다. 중동 건설 현장에서 한방을 썼던 노동자.

「야, 도끼눈!」

「어, 김 상사!」

세월호 서명을 받던 도끼눈이 반갑게 달려왔다. 김 상사도 들고 있던 태극기를 휘날리며 뛰어가 격하게 포옹했다. 반가웠다. 정말 반가웠다. 복장이 서로 다르다는 것을 인식할 겨를이 없었다. 두 친구는 노란 스카프를 매고 태극기를 든 상반된 복장으로 광화문 뒷골목을 어깨동무하고 걸었다. 허름하지만 정겨웠던 낙지 골목은 뺀질뺀질한 상가로 변해 있었다. 두 사람은 편의점 앞에 앉아 새우깡을 안주 삼아 소주부터 깠다.

「너, 태극기 부대야?」

「응. 일당 주니까. 우리야 워낙 돈 때문에 월남전 참전했고 중동 파견 갔었잖아? 넌 웬 노란 리본이야? 일당 많이 줘?」

「일당을 받는 게 아니라 내 돈 내면서 결사적으로 싸워 왔어.」

「왜?」

「돈의 노예에서 벗어나려고…….」

도끼눈은 건설 현장에 잔류하는 사이 의식화된 모양이었다. 그 잘난 의식으로 잔뜩 썰을 풀었다. 꼴사나워서 한바탕 싸울까 궁리하고 있는데 김 상사의 휴대폰이 요란하게 울렸다.

「손주가 다쳤대.」

「왜?」

「오토바이 사고.」

된통 싸우려던 둘은 또다시 마음을 합하여 급히 병원으로 달려갔다. 그때까지만 해도 상황이 그토록 심각한 줄 몰랐다. 병원에 도착하니 손주는 이미 숨져 있었다. 며느리는 혼절했고, 아들은 통곡을 터뜨렸다. 김 상사의 손에 들려 있던 태극기가 맥없이 떨어졌다.

손주가 죽은 이유를 알고 보니 더 기가 막혔다. 미용실 딸과 연애를 했는데, 그 여자애를 점찍어 놨던 친구들이 뒤늦게 알고 홧김에 오토바이로 밀어 버렸다는 것이었다. 미쳐도 단단히 미친 세상이었다. 학생들이 살인을 이렇게 쉽게 하다니……. 게임과 현실도 구분 못 하는 철부지들. 장례식장에는 미용실 딸이 와서 넋 나간 듯이 앉아 있었다. 그 아이의 배가 볼록했다. 미용실 여자는 눈이 휘돌아 가고 안면이 비틀어질 지경이었다. 태극기든 노란 리본이든 이런 세상을 보려고 땀 흘려 일하고 싸워 온 것이 아니었다.

김 상사는 거품을 무는 미용실 여자 앞에 털썩 무릎을 꿇고 허연 머리를 조아렸다.

「낳아 주시오. 낳아 주시기만 하면 딸이든 아들이든 우리가 잘 키울 거요. 정말 면목 없지만 우리에게는 마지막 남은 혈육이요. 따님의 비밀은 철저히 지켜 주겠소. 1년만 휴학시키시면…….」

김 상사는 진땀과 함께 굵은 눈물을 뚝뚝 흘렸다.

그 후의 이야기는 아무도 모른다. 마을 사람들은 약속이나 한 듯이 입을 다물었다. 궁금함보다는 아이들을 지켜 내야 한다는 어른스러운 판단이 먼저였다.

호기심 많은 안젤라도 더는 알고자 하지 않았다. 그즈음 안젤라는 정신없이 바빴다. 어느새 집이 팔려서 대출 빚을 갚았지만 마땅한 셋방을 구하기가 어려웠다. 분주한 나날이 지나간 뒤 간신히 월세방을 구했다. 평범하고 아름답고 사연 많은 마을을 떠나기에 앞서 안젤라는 성당에 들렀다. 성당 입구에는 여전히 낙태죄 폐지 반대 서명지가 놓여 있었다. 안젤라는 서명지 앞을 그냥 지나칠 수밖에 없었다.

못다 한 이야기

1. 함박눈 내리는 밤

하느님, 지금이 몇 시예요? 잠에서 깬 저는 시계부터 보았습니다. 9시. 아침 9시인가, 저녁 9시인가? 답답한 마음에 창문을 열어 보았습니다. 까만 하늘에서 하얀 눈이 펑펑 쏟아지고 있었습니다. 밤이구나. 함박눈이네. 내일 할머니들 공부하러 오시기 힘들겠다. 이곳으로 이사한 지 5년이나 지났네요. 집을 팔고 대출 빚을 갚았으나 수입이 없어서 전세금을 까먹게 되었습니다. 자꾸 변두리로 밀려나 월세로 이사 다니면서 경제적 불안이 심해진 저는 일자리를 찾아 나섰지요. 쉽지 않았습니다. 그래서 가능한 일부터 시작해 보고자 복지관에서 자원봉사로 문해 교육을 하고 있던 참이었습니다. 피식민지와 전쟁을 겪으면서 미처 한글을 못 배운 할머니들을 대상으로 기초 한글을 가르치는 일입니다. 국어 교사 경력이 있는 저로서는 별로 어려운 일이 아니었지요. 재미있고 보람차기까지 했습니다. 돌아가신 어머니 연배의 할머니들과 어울리면 어머니 체취를 맡는 듯싶어 편안하고 푸근한 기분이 들었습니다.

문제는 수업 시간이 오전이라는 데에 있었어요. 퇴직 후에는 밤늦게까지 글을 쓰고 정오쯤에야 일어나는 생활에 익숙해진 저에게 오전 일찍 출근하는 일은 극기를 요구했습니다. 다행히 화요일과 목요일 두 번만 나가면 됐습니다. 지난 한 해 동안 결강 한 번, 지각 두 번을 했네요. 걸어 다니는 종합 병원인 저는 자주 아파서 그 정도면 매우 노력한 편이었습니다. 자원봉사라고 소홀히 하지 않으려 했고, 무엇보다 할머니들을 실망시키고 싶지 않았어요. 그러나 더 이상은 무리일 것 같습니다. 수업 시작하면서 생긴 장염이 낫지를 않아서 외출을 거의 못 했고, 수업 마치고 나면 고단한 나머지 글을 쓸 수 없었습니다.

아무래도 종강하겠다고 사무국에 말해야겠다. 미끄러운 눈길을 걸어 다니다 낙상 사고라도 당하면 큰일이니까……. 그래도 할머니들을 떠올리자 슬그머니 미소가 피어올랐습니다. 스무 명 남짓한 분들이 오셨는데 처음에는 절반 이상이 치매라고 하셨습니다. 빨리 죽으면 좋겠는데 죽지도 않으니 평생소원이던 글이나 배우고 싶다고 하셨지요. 저는 거두절미하고 말했습니다.

「치매 아닐걸요? 치매 검사할 때 이름, 주소, 전화번호, 가족 관계, 간단한 더하기 빼기 해보라고 하지요? 글자를 모르니 답을 못 하고 머뭇거리셨지요? 길을 지나다닐 때도 간판을 못 읽고 신호를 못 보니 거기가 거기 같아서 자꾸 헤매게 되지요? 은행 일도 못 보지요?」

「예. 우리는 살아 있는 시체예요.」

할머니들이 입을 모아 대답했습니다. 제가 힘주어 말했어요.

「여기 복지관까지 오실 수 있다면 치매 아니에요. 다만 글자를 몰라서 어릿어릿한 거지요. 한글은 금세 배울 수 있어요. 걱정하지 마세요.」

그야말로 낫 놓고 기역 자도 모르던 할머니들이 한 해가 지나자 간단한 일기나 편지를 작성하기 시작했습니다. 글자를 하나 익힐 때마다 할머니들의 눈빛은 경외감으로 빛났고, 굼뜨기만 하던 동작도 훨씬 활발해졌어요. 요즘은 시도 쓰고 그림도 그려서 시화전까지 해내셨습니다. 하산해도 될 학생들이지요. 그런데 문제가 생기고 말았습니다. 한글을 배워서 치매가 아니라는 진단이 나오면 국가 지원의 일부를 못 받게 될 우려가 있었어요. 칠팔십 대 할머니들이 어디에서 수입이 생기겠어요. 자식? 속 썩이며 돈이나 뜯어 가지 않으면 다행이지요. 영감? 대부분 먼저 세상을 떴고 있다 해도 술주정뱅이요, 무용지물이며 나아가 할머니들을 괴롭히는 경우가 허다했습니다. 손주가 귀엽지 않으냐고? 팔순 다 된 몸으로 손주 봐주는 일은 완전히 중노동이었고, 손주들이 크면 할머니 냄새난다고 피했습니다. 어떻게 노년이 우울하지 않을 수 있겠어요? 돈 없지, 몸 아프지, 가족들 속 썩이지, 국가 지원은 쥐꼬리만 한데 생색이나 크게 내지.

한 해가 지나자 할머니들은 크게 세 부류로 나뉘었습니다. 첫 번째는 그럭저럭 사는 분들이었습니다. 이분들은 일제 강점기 때부터 먹고살 만하던 사람들로 일본 노래를 잘했고 한글은 공부하기 싫어했답니다. 지금이라도 배우니 좋다고, 진작 배울 걸 그랬다고 하셨습니다. 두 번째는 전쟁 과부나 사별, 이혼, 독신으로 어려운 시대와 상황을 홀로 헤쳐 온 강인한 여성들이었습니다. 한복을 지어 생계를 꾸렸다든가, 보따리장수 일을 했다든가, 식당을 했던 이야기들이 드문드문 나오곤 했습니다. 세 번째는 어릴 적 식모살이부터 고생을 거듭했건만 평생 막일을 하거나 공공 근로를 나가야 하는 극빈층이었습니다. 이분들은 일 나가느라 결석이 잦았습니다.

전통적인 억압에 눌려 일부종사한 경우가 절반 정도였고, 나머지는 그럭저럭 어울렁 더울렁 살아온 모양이었습니다. 그런데 두 부류 사이에 말다툼이 생겼습니다. 저는 모른 체했어요. 제가 철학이나 도덕 선생도 아니고, 오래된 체험과 가치관의 차이로 일어나는 어르신들끼리의 말다툼에 개입할 여유는 없었거든요. 그럼에도 불구하고 학생들과 정이 깊어졌습니다. 저는 학생들을 꾸짖지 않고 칭찬으로 격려했으며, 아무 선물도 안 받고 뭐라도 생기면 나누어 드렸습니다. 한글 교실에서는 웃음소리가 끊이지 않았고, 가르치는 강사나 배우는 학생이나 진지했습니다. 믿을 수 있는 좋은 선생인데 몸이 약해서 탈이야. 할머니들이 많이 아까워하셨습니다. 어쨌든 겨울이 깊어지기 전에 종강해야겠습니다. 더는 버티기 힘들 만큼 몸과 마음이 아프거든요.

내일 일찍 수업하려면 다시 잠들어야 해. 저는 함박

눈 내리는 밤 풍경을 한동안 멀거니 보다가 창문을 닫고 자리에 누웠습니다. 우울감이 목구멍에 걸린 가래처럼 그르렁거렸습니다. 하지만 깊이 서글퍼할 사이도 없이 몸이 기진해서 금세 잠들었습니다.

2. 몽중몽

어머니가 주방에서 일하고 계셨어요. 어머니는 돌아가셨으니까 이건 꿈꾸는 거야. 그런데 꼭 생시 같았습니다. 주방 일을 끝낸 어머니는 방으로 들어와 누워 있는 제 옆에 앉아서 뜨개질을 시작하셨습니다. 너 먹는 게 부실해서 그렇게 기운이 없는 거야. 잘 챙겨 먹어야지. 잡혀갔다 나와서 병 생겼을 때도 영양실조 상태였어. 겨우 43킬로밖에 안 나갔잖니. 생각나? 생각 안 나. 기억이 거의 안 나. 도대체 무슨 일이 있었던 거니? 몰라. 머릿속이 하얗게 탈색되어서 아무 생각이 안 나. 하나도 기억 안 나? 아니, 잠깐 우스웠던 기억은 나. 우스워? 무서웠다며? 무서웠는데 우습기도 했어. 엄마, 그 형사들 정상이 아니었어. 내가 쓴 소설 가지고 암호라고, 간첩과 접선한 기록이라고, 괴물같이 얼굴을 일그러뜨리며 무섭게 윽박질렀어. 어처구니가 없어서 웃었어. 그 사람들은 일상 언어를 몰라. 형사들 눈에는 모든 게 암호로 보이나 봐. 미친 사람들 같았어. 잠을 못 자게 했어. 어딘지도 모르는 좁은 독방에 가두어 놓고 나와 공범들 생애사와 애인 관계 따위를 몇 날 며칠이고 쓰게 하는 거야. 잠도 안 재우고. 친구가 네 남자 친구랑 잤다, 그 사실을 아느냐? 이따위 심리전. 순 거짓말인 거 알면서도 기분 나쁘더라니까. 그래서? 글만 썼지. 제대로 먹지도 씻지도 못하고……. 아마 장편소설이나 자서전 한 권 분량은 썼을 거야.

무언가 부당하고 억울하다는 생각이 들었지. 왜 여자들이 집회나 시위를 하면 취조 방법이 이따위인가? 여자들에게 요구되는 전통적 규범을 벗어나기 무섭게 조롱하고, 비판하고, 나아가 멸시와 폭력까지 가하는 단단한 가부장제라는 암벽에 정면으로 부딪힌 느낌이었어. 한국 사회에 내재하는 사상의 삼팔선 말고도 다른 차원에서 존재해 온 남녀 간의 삼팔선을 맞닥뜨린 실감.

며칠 만에 잠을 자게 해줬어. 정신없이 자다가 인기척을 느껴서 눈을 떴는데, 내가 누워 있던 요 한편에 떡대만 한 형사가 누워 있는 거야. 얼마나 놀랐던지 소리도 못 질렀다니까. 형사가 돌아보더니 〈나도 피곤해. 좀 쉬자. 진술서나 계속 써〉 하고는 쿨쿨 자는 거야. 나는 방구석에 태아처럼 쭈그리고 앉아 있었어. 어디로 끌려갔었는데? 몰라. 눈 가려진 채 끌려가서 거기가 어디였는지 모르겠어. 풀려날 때는 이미 제정신이 아니었고. 엄마, 졸려……. 그래, 자거라. 어머니는 이불을 다독여 주셨고, 저는 다시 잠들었습니다.

아차, 풀어 준 게 아니야. 미행당하고 있어. 형사 둘이 따라오고 있는걸. 속임수였어. 풀어 주고는 미행해서 도망간 일행들 잡아들이려는 계략이야. 어디로든 피하자. 어디로? 고향으로 가자. 고향 집 잃었으면서. 큰집 할머니가 계시잖아. 큰집에 가서 꼭꼭 숨어 버리자. 그래. 경부선을 타. 밤인데? 마지막 밤차를 타면 돼. 서울역이야. 빨리 뛰어, 막차 떠나려고 해. 아, 겨우 탔다. 형사들이 못 따라왔네. 자리에 앉아서 눈 좀 붙여. 이제 안심이다. 어, 여기가 어디야? 웬 군인들이 이렇게 몰려 타지? 세상에, 차량마다 군인들이 가득가득 들어찼어. 아휴, 냄새. 못 본 척하고 창밖만 봐. 무서워. 어떡하지, 내릴까? 이 밤중에 어디서 내려? 긴장이 돼서 잠도 안

와. 잠을 며칠째 못 잔 거야? 모르겠어. 머리가 멍해. 아무 생각도 안 나. 어떻게 해야 할지 모르겠어. 여기가 어디야? 차내 방송이 나오고 있어. 쉬었다 간대. 일단 이 군인들 냄새 가득한 기차에서 내리고 보자. 토할 거 같으니까.

깊은 밤이야. 역사가 생각보다 커. 어디로 가야 하지? 앗, 추워. 어디 다방이라도 들어가서 따듯한 차 한 잔 마셨으면……. 기다렸다 탈 거야? 미쳤어? 군인들 빼곡한 차에 다시 타다니. 그럼 어디 여관이라도 가서 한숨 자. 내일 다른 기차 타고 고향으로 가. 알았어. 그런데 여관이 어디에 있을까? 역사를 벗어나서 시내 번화가 쪽으로 걸어 봐. 그러자.

깊은 밤, 달도 아니 뜬 밤, 젊은 여성이 통금도 지난 시각에 인적 없는 길을 바들바들 떨면서 바쁘게 걸어갑니다. 다행히 가로등이 드문드문 켜져 있습니다. 저 봐, 누군가 따라오고 있어. 무서워. 빨리 여관이 나타났으면……. 있다, 서너 채가 연달아 있어. 간판을 잘 봐, 제일 야시시하지 않은 곳으로 가. 응. 제일 깨끗하고 소박한 건물로 가자.

돼어, 방이 있대. 이제 쉴 수 있어. 나쁜 건 공동 샤워장을 써야 한대. 몰라. 씻는 건 나중에 하고 우선 눕고 싶어. 배정된 방문을 열고 들어서는데 누군가 뒤에서 저의 등을 왈칵 밀치며 방 안으로 먼저 들어갔습니다. 누구세요? 저는 몹시 놀랐지만 애써 침착함을 유지하며 엉거주춤 서서 방 안으로 침입한 낯선 군인에게 물었습니다. 그는 제가 명찰을 못 보도록 윗옷을 벗었습니다. 러닝셔츠 차림으로 그가 말했습니다. 난 군의관이야. 병을 고쳐 줄게. 저 아무 병도 없는데요. 아니야. 여기 청진기로 대봐야 해. 군의관은 서류 가방에서 청진기와 주사기를 꺼냈습니다. 저는 재빨리 이 궁지에서 어떻게 벗어나나 생각했습니다.

우선 출입문을 막고 버티는 군의관을 움직이게 해야 했습니다. 저도 의대생 후배들 많아요. 저는 아무 병도 없다고 그랬어요. 그나저나 목이 마른데 맥주라도 한잔 하며 이야기하죠. 제가 태연한 척 대답했습니다. 나가지 마. 내가 카운터에 시킬게. 가만 보니 전화기를 누르는 군의관의 손도 덜덜 떨리고 있었습니다. 이때다. 저는 잽싸게 문을 빠져나왔습니다. 군의관이 황급히 따라나왔습니다. 어디 가? 세면장에…… 좀 씻고 들어갈게요. 군의관이 주변을 두리번거렸습니다. 마침 사람들이 한두 명 있었어요. 군의관은 조심스러웠는지 방 쪽으로 돌아갔습니다. 저는 날쌔게 뛰기 시작했습니다. 도둑이야, 강도야, 사람 살려! 제가 비명을 지르기 시작하자 군의관은 당황했는지 방 안으로 숨었습니다.

여관을 벗어난 저는 계속 달렸습니다. 한밤중의 질주였어요. 얼마나 달렸을까? 멀리 시외버스 터미널이 보였습니다. 그제야 걸음을 늦추고 가쁜 숨을 몰아쉬며 걷기 시작했습니다. 다행히 핸드백은 어깨에 매달려 있었어요. 새벽 첫차 시각이 다가왔습니다. 첫차는 부산행이었고, 고향으로 가는 버스는 한참을 기다려야 했습니다. 우선 이 괴상한 현실에서 벗어나고 보자. 저는 부산행 첫차를 탔습니다. 목이 말랐습니다.

엄마, 물……. 잠에서 깨어나며 중얼거렸습니다. 참, 어머니 돌아가셨지. 저는 더듬더듬 불을 켜고 주방으로 가서 물을 찾았습니다. 끓여 놓은 물이 없었습니다. 벌써 다 마셨나? 마침 우유가 눈에 띄었습니다. 갈증이 심해서 우유갑을 통째로 들고 벌컥벌컥 마시기 시작했습니다.

방문 밖 복도에서 형사들이 두런거리는 소리가 들려왔습니다. 계집애들만 열댓 명 우르르 잡아 오면 어떡해? 완전히 애새끼들이구먼. 울고 소리 지르고 기절하고……. 한 년은 병아리처럼 물만 마시고 화장실을 자주 가기에 물 그만 마시라 그랬더니 뭐, 체세포의 크기에 따라 사람마다 물 마시는 양이 다르다고 강의를 한참 하더구먼. 별 괴짜들이 다 들어왔어. 여자애들이라 마음껏 때리기도 조심스러워. 살살 달래서 불게 하는 수밖에 없지. 뭐 먹고 싶으냐고 했더니 물 먹는 병아리는 갈비탕만 먹는대. 다른 애들도 짜장면, 짬뽕, 비빔밥, 육개장, 오므라이스 할 것 없이 골고루 돌아가며 시키데. 어떤 애는 단식이야. 아, 그 단식하는 년 고집불통이더니 끝내 기절했어. 생긴 건 예쁘장하고 순한데 얼마나 완강한지……. 웃기는 건 물 먹는 병아리가 우유 좀 사달래. 그리고 샤워 좀 하면 안 되겠느냐고 묻더군. 허허, 이게 샤워용 물인 줄 아나 보지. 이런 철부지들이 무슨 시위를 한다고……. 저는 그제야 동료들이 잡혀 와서 방마다 격리된 채 고문을 받고 있음을 알아챘습니다.

오래전 일이야. 1979년 4월이었으니까 40년이 넘었어. 그런데 아직도 납득이 안 가는 일이 한두 가지가 아니야. 이제는 잊어버려라. 오래된 일이고 또 민주화를 이룩했잖니? 이제는 다 털어 버려라. 너도 이제는 행복하게 글 써야지. 평생소원 아니냐? 엄마, 엄마다! 등 뒤에서 희미하게 감지되는 어머니를 향해 몸을 돌렸습니다. 새벽이다. 난 이제 가야 한다. 몸이 있으면 청소도 해주고 반찬도 좀 해주면 좋으련만……. 잘 챙겨 먹고 바지런하게 살아라.

햇빛이 비치기 시작한 방 안에는 아무도 없었습니다. 꿈인 줄 알았더니 엄마가 왔다 간 걸까? 꿈속의 꿈은? 그건 진짜 있었던 일인데……. 아휴, 골치 아파. 다 잊어버려. 어머니가 보고 싶어서 그래. 몸이 허해서 자꾸 헛것을 보는 거야. 저는 현실 속의 꿈과 꿈속의 현실이 뒤범벅되어 진땀 묻은 온몸을 깨끗이 씻고 출근 준비를 했습니다.

3. 견디는 삶

종강하겠다고 했더니 2주일 후에나 가능하다는 대답이 돌아왔습니다. 그래, 2주일만 더 봉사하자. 저는 수업에 들어가기 전 아픈 배를 붙잡고 다짐했습니다. 다행히 할머니들과의 수업은 여전히 따스하고 재미있었습니다. 할머니들은 마치 초등학생들처럼 순진함이 남아 있었지요. 수업을 마치면 마음이 흐뭇해졌습니다. 공부를 열심히 할 자세가 되어 있는 학생들을 가르친다는 것은 얼마나 행복한 일인가요? 백지가 잉크를 빨아들이듯 배움을 받아들이는 할머니들. 그토록 거친 세파에 시달려 왔음에도 학생으로서는 순수하기 짝이 없었습니다.

어쨌든 두 시간 수업 중에 잠시 쉴 때 저는 또 휘청거렸습니다. 마음은 열성적으로 가르치려 하는데 몸이 따라 주지 않는다는 게 이런 거구나. 늙는다는 게 이런 거야. 간신히 수업을 마치고 저는 긴 한숨을 쉬었습니다. 앓는 소리를 할 수도 없었습니다. 할머니들은 대부분 저보다 더 건강이 안 좋았으니까요. 갖가지 고질병 외에도 암 수술을 세 번씩이나 하고 투병 중인 분도 있었습니다. 그 몸으로 배우겠다고 아침 일찍 나오시니 도무지 가르침에 꾀를 부릴 수가 없었습니다.

두 시간 열강을 끝내자 목이 몹시 말랐어요. 아이스커피 생각이 간절했으나 그냥 생수 따라 마시고 말았습니다. 봉사료는 음료수값도 안 됐으니까요. 집으로 걸어오는 길에 숨이 차서 분식집 앞 벤치에 주저앉았습니다. 잠시 숨을 고르고 있는데 분식집 안에 어머니가 앉아 계셨습니다. 엄마……. 놀라서 자세히 보니 유리창에 비친 제 모습이었습니다. 젊어서는 호리병처럼 낭창낭창하다가 나이 들어 이조 백자처럼 둥글어진 초로의 여인. 백자처럼 원숙해진 여성이 거기 있었습니다.

엄마, 요즘 왜 이리 엄마 생각이 간절할까? 몸이 아프니까 아쉬워서 그렇지. 잡혀갔다 나와서 정신병이 발병하자 어머니는 어려운 형편에도 돈을 꾸어서 저를 데리고 정신 병원에 열심히 다녔습니다.

5·18 무렵이었습니다. 부산 가서 뭐 했느냐. 부산에서 어디 갔었느냐. 고향에 가서 누굴 만났느냐. 고향에서 서울은 어떻게 왔느냐. 의사가 자꾸 질문을 했지만 저는 실어증에 걸린 사람처럼 아무 말도 할 수 없었습니다. 핏줄이 다 없어진 것처럼 머릿속이 하얘요. 필름이 갑자기 끊긴 것처럼 아무 기억도 안 나요. 두 마디만 겨우 했을 뿐이었어요. 의사가 한숨을 쉬었습니다. 아무 생각이 안 나서 다행일지도 모르지. 그러면서 보호자인 어머니에게 설명했습니다. 충격이 심했나 보네요. 한마디로 놀라서 그래요, 무서워서……. 시집가면 나을 병이에요. 꾸준히 약 먹고 몸조리 잘해서 다 나으면 결혼시키세요. 어머니는 깊은 한숨을 쉬었습니다. 친척집 단칸방에 오글오글 얹혀사는 주제에 어떻게 결혼을 시키겠는가? 병이 조금이라도 나으면 일을 해서 돈을 벌어 와야 할 실질적 가장인 셈인데.

한 해쯤 정신과 약을 먹고 축 늘어져 잠만 잤던 모양입니다. 저보다 열 살이나 어린 막냇동생이 기성회비가 밀려서 학교에 가기 싫다고 울고 있었습니다. 저는 부스스 일어나 외출을 준비했습니다. 고등학교 후배를 만났어요. 후배 집은 관공서에서 구내식당을 하고 있었는데 저를 아르바이트로 써주겠다고 했습니다. 그 식당에 딸린 방에서 종업원들과 함께 지내며 3개월가량 접시를 날랐어요. 그러다 공고를 보고 시험을 쳐서 한동안 학습지 교사로 일했지요. 그즈음 대학 선배가 급히 연락을 해왔습니다. 해산달이 가까워서 임시 교사를 구한다는 거였어요. 저는 교사 경력을 살려서 여고에 국어 교사로 나가게 됐습니다. 선배가 육아 휴직을 끝내고 돌아오자 이번에는 민속 연구원에 취직했습니다. 겨우 집에 쌀이 떨어지지 않게 됐을 때 대학 후배가 찾아왔습니다. 후배는 한동안 제가 다니던 연구원을 취재했습니다. 그 통에 구금되면서 소식이 끊겼던 친구들과 재회하게 되었습니다. 어찌어찌해서 운동권 출신 여섯 명이 한꺼번에 경제 연구소에 들어갔습니다. 임시직을 끝낸 후에는 저마다 적성에 맞는 직장을 찾아 들어갔지요. 저는 출판사 편집장으로 안착했습니다.

이후 10년은 일반 출판사, 5년은 운동권 출판사, 또 다시 10년은 여성 단체 소속 출판사 편집장을 지냈습니다. 간간이 민주화 운동에도 참여했습니다. 제일 기억에 남는 것은 1987년 6·10 민주 항쟁과 강경대 열사 장례식입니다. 아마 그때마다 형사들이 집이나 직장으로 찾아와서 정신병이 재발했었기 때문일 것입니다. 집중력은 있어서 출판사 일이 적성에 맞았으나 일하는 시간 외에는 대부분 멍청한 상태였습니다. 무언가 실타래가 마구 엉켜서 어수선하고 막연한 미로 속을 한없이 헤매는 듯한 기분이었어요. 이념적 혼란도 심했지요. 그렇게 미로 속을 헤매는 위태로운 정신으로 열심히 책을 읽어 댔고 짬짬이 글을 썼습니다. 안간힘을 다해 저와 가족을 부양하고 있음에도 경제적으로 몰락한 가족은 재기하지 못했습니다.

가난이 원망스럽기만 했던 것은 아닙니다. 한평생 폐인이 되어 지내는 정신병 환자들을 많이 보았기 때문입니다. 만약 결사적으로 일할 필요가 없었다면 나도 저렇게 폐인으로 허송세월할 수도 있었겠구나 싶었어요. 힘들기는 했으나 모든 고난에는 배울 점이 있었지요. 사이좋고 가난한 가족에게는 배울 점이 많았고요.

저는 많은 고난과 투쟁을 겪었는데도 멍청해서인지 좀처럼 정치 감각이 생기지 않았습니다. 순진하다 못해 무심하기 짝이 없었습니다. 그럼에도 불구하고 사회를 상대로 닥치는 대로 저항을 실천한 이야기는 이미 했습니다. 이런 양극화된 사회를 그대로 두면 안 된다, 워낙 있는 사람은 조금만 노력해도 쉽게 성공할 수 있지만 워낙 없는 사람은 아무리 노력해도 성공할 수 없는 불공평한 사회, 불평등을 개혁해야 한다는 의협심으로 가득 차 있었던 거예요. 그런데 이런 저의 저항 행동을 아무도 칭찬하지 않았습니다. 칭찬은커녕 블랙리스트인가 뭔가 낙인만 찍혔지요.

분식집 유리창에 비친 모습, 중 늙은 어머니의 체형을 닮은 모습을 보면서 저는 힘없이 중얼거렸습니다. 엄마, 나 요즘 많이 안 좋아. 종강까지는 어떻게든 버텨야 하는데……. 입원해야 할지도 모르겠어. 나 입원하기 전에 증상이 어땠어? 어머니가 대답하셨습니다. 그야 아무것도 안 먹고 잠도 안 자고 방구석에 처박혀 꼼짝 안 하고 멀거니 앉아 있었지. 내가 보기에는 아직 버틸 수 있을 것 같구나. 종강까지라도 잘 견뎌 내렴. 잘 먹고 잘 자고 기도 열심히 하자꾸나. 메마른 눈시울을 비비자 저절로 긴 한숨이 나왔습니다. 이제는 어머니를 생각해도 예전처럼 눈물이 나오지는 않습니다. 다만 가슴이 아려 올 뿐이지요.

저를 보살피느라 온갖 고생을 하셨던 어머니가 살아

생전에 민주 항쟁이 승리하는 것을 보신 것은 천만다행이었어요. 비록 절반의 승리였지만 어머니는 몹시 기뻐하셨어요. 그러면서 아버님이 일찍 돌아가신 것을 아쉬워하셨지요. 두 번째로 다행인 건 제가 한 번이라도 집장만을 했던 거예요. 어머니는 이제 이사 안 해도 된다는 데에 무척 만족하셨어요. 세 번째는 제가 드디어 소설가가 되어 책을 낸 거예요.

어머니는 제 소설을 읽더니 어처구니없어하셨어요. 매 맞는 아내, 성희롱, 성폭력……. 무슨 이런 끔찍한 이야기를 쓰니? 그리고 왜 의붓아버지가 나오니? 우리 집처럼 일부일처제를 잘 지킨 집도 드문데. 웬 의붓자식이 나와? 꼭 어린애들 공상 만화 같구나. 끔찍하게 불행한 사람들 이야기만 쓰고. 좀 아름다운 상상을 하면 안 되니? 아동 성폭력 피해자 김부남 사건이나 장기적 성폭력 피해자 김보은 사건 같은 실화를 바탕으로 해서 그래요. 그런데 작가 성은 왜 바꾸었니? 부모 성을 함께 쓰려고 어머니 성을 넣어서 그래요. 이런 엉터리 소설에 왜 내 성을 갖다 붙이니? 어머니는 투덜거리면서도 은근히 흐뭇한 표정을 지으셨어요.

4. 깨진 유물들 속에서

「선생님! 집에 안 가셨어요? 추운데 거기 앉아 뭐 하세요?」

지나가던 할머니 학생 두 분이 저를 불렀습니다.

「이렇게 만났으니 우리 점심 같이 먹어요. 저희가 살게요.」

「제가 사야죠.」

모처럼 학생들과 식사를 함께하기로 하고 복지관 부근의 곰탕집으로 들어갔습니다. 마침 분주한 점심시간이 끝난 후여서 음식점 안은 한가했습니다. 종업원들끼리 텔레비전을 보면서 큰 소리로 수다를 떨고 있었어요.

남자들이 바람 많이 피우는 건 알았지만 저 정도일 줄은 몰랐어. 고추에서 나오는 권력이 대단하네. 어휴,

멀쩡한 여자들이 어쩌다 그런 놈들하고 어울렸대. 돈 벌어야지. 요즘 여자들이 돈 안 벌면 어떻게 살아? 하긴 평생 성희롱이나 성추행 안 당해 본 여자가 얼마나 되겠어? 없지. 하다못해 버스 안에서 주물럭거림이라도 당해 봤지. 내가 음식점 할 때는 남편이 옆에 있는데도 치근덕거리는 미친놈들이 있더라고. 아휴, 세상이 너무 험하니까 딸 키우기 힘들어. 엄살떨지 마. 어느 정도 공부도 하고 지위도 있고 그러니까 미투도 하는 거지. 쪼그마한 공장에서 공장장한테 성폭행당했다고 미투 해 봐. 언론에서 저렇게 다루어 주기나 해? 아무리 억울해도 할 수 없어. 말하면 손해 보는 게 여자들이고 약한 자들이야. 무슨 소리야, 저렇게 앞장서서 싸워 주면 힘없는 여자들한테도 영향이 가는 거지.

종업원들의 말소리가 낮아지다가 들리지 않게 되었습니다. 손님들이 들어온 것을 그제야 알아챈 눈치였습니다.

「요즘 여자들은 너무나 똑똑해서 힘들겠어요.」

곰탕을 기다리는 동안 할머니 한 분이 말문을 열었습니다.

「우리 때는 그저 남자들 하라는 대로 했지요. 아무것

도 몰랐거든요.」

「모르기도 하고 무섭기도 했지.」

다른 분이 말을 받았습니다. 첫 수업 시간에 저에게 잘 다듬어진 막대기를 선물한 분이었습니다. 저는 놀라서 물었지요. 이 막대기로 무엇을 하나요? 일제 때 선생님들은 다 그런 막대기 하나씩 차고 다녔어요. 어휴, 요즘은 이런 막대기 안 써요. 학생들 때리면 큰일 나요. 일제 때 학교에 다녀 보셨어요? 예. 초등학교를 조금 다니다 말았어요. 국어 시간에 일본어를 가르치더라고요. 한국어를 하면 막대기로 맞았어요. 돈도 없었지만 무서워서 학교 다니기 싫었어요.

저는 매 맞으며 커왔을 한 여인의 생애가 연상되어 매우 슬펐습니다. 그러나 가깝게 마주 앉아 보니 참 명랑한 분이었습니다.

「전쟁 전에는 사람들이 요즘처럼 그악스럽지 않았어요. 가난했지만 인정이 살아 있었죠. 빨갱이도 배운 빨갱이는 아주 선비였지요. 바닥 빨갱이가 잔인해서 무섭고 그랬지.」

할머니들은 6·25 때 이야기를 한참 하셨습니다. 저는 조용히 들으면서 우리 세대가 민주화 운동 이야기를 하면 요즘 세대들이 이렇게 거리감을 느끼겠구나 싶었습니다. 동시대를 살았는데도 변화의 속도가 빨라서 세대마다 경험이 천차만별이니 서로 말이 잘 통하지 않는 사회가 된 거지요.

「한글을 알게 되니 약 먹는 게 많이 줄었어요. 한글보다 좋은 약이 없더라고요. 진작에 배울걸. 선생님께 정말로 감사해요.」

칭찬을 들으니 민망하기도 하고 우쭐하기도 해서 슬며시 웃기만 했습니다. 할머니들은 이런저런 사는 이야기를 하시다가 자리에서 일어났습니다.

집으로 돌아가는 길에 저는 하느님과 대화라도 나눌 듯 마음속으로 종알거렸습니다.

저희 어머니가 딸들을 얼마나 소중히 길러 내셨는데요. 하긴 온실 속의 화초들처럼 자라서 세상 풍파를 못 견디는지도 모르지요.

가로수 가지에 박새 한 마리가 날아와 앉아 명랑하게 까불거렸습니다.

저희 어머니가 그 옛날 여고를 졸업하고 전문학교까지 나온 신여성이었다는 것을 저는 나이 들어서야 뒤늦게 알았어요. 그저 살림만 기가 막히게 잘하는 주부로 알았지요.

언젠가 아버님이 딸들은 고등학교까지만 보내자고 하니 어머니가 그러셨어요. 전문학교 나온 나도 물정을 몰라서 이 고생인데, 요즘 세상에 대학을 안 보내면 어떻게 풍파를 헤쳐 나가라고요? 여자들도 배워야 해요. 가르쳐야 한다고요. 그러고는 딸들에게 당신의 기억을 이야기하셨어요. 당신이 고교 때 빙상 선수가 되고 싶어서 몰래 스케이트를 배웠답니다. 그러다 한강에서 있었던 빙상 대회에 나가 일등 상을 타왔대요. 그런데 할아버지가 아시고는 상장을 마당에다 내팽개쳤대요. 여자가 이런 데 나가다니, 노류장화가 되려고 그러느냐? 그리고 어머니를 한동안 다락에 가두어 두셨대요.

이런 연유로 어머니는 딸들이 다락에 갇히는 일 없이 제 뜻을 활짝 펼쳐서 전문직 여성으로 살기를 바라셨어요. 가정에서도 일에서도 성공하는 여성들이 되기를 바랐던 거죠. 하지만 그건 태산을 넘는 일만큼 힘든 일이었어요. 저는 여성들을 은근히 멸시하는 전통과 여성의 사회 진출을 요구하는 현대 사이에서 곡예를 하듯이 살아왔어요. 때로는 가부장적 전통을 따르고 때로는 남성 중심 사회에 강력하게 저항하면서 악착같이 일했지요. 이 험난한 사회 속에 자리 잡으려고 엄청나게 노력했어요.

저의 기억 속에는 어머니가 노는 모습이 없어요. 아침 일찍 아이들이 등교하고 아버님이 출근하면 어머니는 온종일 바쁘셨어요. 설거지, 요리, 청소, 빨래, 다림질, 바느질로 늘 하루가 모자랐지요. 그런데도 집 안은 늘 쾌적했어요. 너희는 공부만 해라. 저마다 꿈을 이루고 성공해서 엄마처럼 살지 마라. 우리 세대는 그런 어머니의 지원으로 사회에 진출했고 상처투성이가 되곤 했어요. 사회적으로 성공한 경우라도 일과 생활을 양립할 수 없어서 절절맸고요.

우리 다음 세대에서는 그런 성공한 어머니, 일하는 슈퍼우먼의 악착같음에 질려서 오히려 다시 전업주부가 되려는 경향도 있었어요. 봉건적 전통과 무조건 단절하려던 이전 세대를 반성하며 깨진 유물들 속에서나마 무언가 긍정적인 면을 찾으려고 했던 거죠. 여성의 자립이 중요했던 세대에서 관계가 중요해진 세대로 변했다고나 할까요? 물론 그런 경향도 있다는 말이에요. 요즘 세상에 맞벌이 안 하고 생활이 되나요?

5. 노을이 지는 쪽으로

어휴, 작디작으면서도 큰 서사. 일상에서 광장으로, 광장에서 다시 일상으로 오가면서 소시민인 한 여성이 자신의 자리에서 지켜 낸 것들에 관한 이야기랄까요? 어쨌든 줄거리만 대충 더듬는데도 이렇게 시간이 걸리네요. 그러니 그 많은 시민들의 사연을 다 쓰자면 도대체 얼마나 시간이 걸릴까요?

제 간절한 소원은요. 더는 경제적으로 몰락하지 않고, 건강 관리 잘하고, 좋은 소설 써내고, 형제들과 잘 지내고, 이웃들과 화해롭게 살면서, 노년을 평화롭게 보내다가, 무사히 떠날 수 있게 해주십사 하는 거예요. 이 나이에 새로운 일을 벌일 생각은 없어요. 그저 밀린 과제들을 잘 마무리하길 바랄 뿐이에요. 다사다난하다 못해 롤러코스터를 타는 듯 지나치게 굴곡진 인생살이에 지쳤거든요. 저 자신의 평화부터 이웃과 형제들, 무엇보다 이 땅의 평화를 빌어요.

집에 거의 다 왔을 즈음, 정신이 번쩍 들 만큼 차갑고 맑은 바람이 스쳐 갔습니다. 이 모질고 추운 겨울도 머지않아 지나갈 것이고, 따듯하고 포근한 봄날이 어김없이 올 것입니다. 등 뒤에서 누군가 미소 지으며 속삭이는 소리가 들리는 듯했습니다. 결코 희망을 도둑맞지 않도록 조심하거라. 힘내라, 너의 여정은 끝나지 않았으니까. 저 황혼이 왜 이리 아름다우냐.

문득 고개를 들어 하늘을 보았습니다. 눈이 그쳐서 파란 하늘이 활짝 개어 있었습니다. 해가 기울긴 했으나 아직 노을이 지지 않은 시각이었습니다. 앞쪽에 언제나 폐지를 모으러 다니는 노부부가 있었습니다. 빌라촌 한구석에 비닐하우스를 지은 노부부는 하루치 일을 마쳤는지 하우스 앞에 낡은 의자 두 개를 내놓고 나란히 앉아서 저물녘 햇살을 쬐고 있었습니다. 할머니와 할아버지의 얼굴에 성자처럼 평안한 미소가 서려 있었어요.

그 모습을 보는 순간 오랜 공포가 툭툭, 떨어져 내렸습니다. 가난에 대한 공포. 미행, 감시, 도청, 해킹에 대한 두려움과 갑옷같이 몸을 겹겹이 둘러싸고 있던 고문 후유증이 하나둘 벗겨졌어요. 괜찮다, 다 괜찮아. 아무것도 무서워할 필요 없어. 저 빈한하기 짝이 없는 노인들의 평화를 보아라. 더는 지킬 것도 잃을 것도 없이 하루하루 최선을 다해 살아가며 함께 누리는 인생의 황혼. 얼마나 개운한가? 빈손으로 왔다가 맨몸으로 떠나가는 영원한 생명으로의 긴 여정. 얼마나 아름다운가?

저는 한동안 우두커니 서 있었어요. 저 노인들의 달관한 표정은 얼마나 신비로운지요? 저도 더 나이 들면 빈한해지고 무가치해지는 것을 겸허하게 받아들일 수 있을까요? 깊은 사색에 잠긴 제 머리 위로 서서히 황금빛 노을이 비쳐 들기 시작했습니다.

그때였어요. 휴대폰에 문자 메시지 들어오는 소리가 들렸습니다. 무심코 열어 본 저는 기쁨에 겨워 짧게 외쳤어요. 와, 당첨이다. 몇 번이나 떨어진 공공 임대 주택에 드디어 당첨됐다는 문자였어요. 살았다. 드디어 지하 월세방을 벗어나겠구나. 아, 감사해라. 오래 투쟁한 덕분에 복지 제도가 강화되어 공공 주택도 생기고 세상이 좋아진 부분도 있네. 이렇게 한 세대가 다음 세대를 예비하면서 조금씩 전진하는 거야. 마치 어머니의 헌신으로 내 자유로운 인생이 가능했던 것처럼.

너처럼 자유롭게 살아온 여자가 얼마나 되겠니? 언젠가 어머니가 말씀하셨어요. 물론 고독하고 힘겹고 고통스러웠겠지. 하지만 그 모든 고난과 노력과 투쟁은 결국 네가 선택했던 거잖니. 네 뜻과 열정을 이루기 위해 깨지고 다치고 앓으면서도 최선을 다한 것, 자유로운 영혼에의 길이야. 물론 힘들었겠지. 하지만 못다 한 헌신과 숙제는 또 다른 누군가를 위해 길을 닦아 낼 거야. 내가 너의 삶을 예비한 것처럼 너도 누군가의 삶을 예비하며 헌신해 온 거지. 아쉬워하지 말고 죽는 날까지 최선을 다하렴. 노년의 삶에서 약간의 보람이라도 있다면 그건 성공이야. 암, 성공이고말고.

고마워요, 엄마. 저는 흐뭇한 미소를 지으며 노을이 지는 쪽으로 힘차게 걷기 시작했어요.

작가의 말

두 번째 장편소설 『버지니아 울프가 결혼하지 않았다면』을 펴낸 지 21년이 지났다. 과격한 페미니즘이라는 딱지가 붙은 이 소설을 발표하고 나서 나는 무수한 헛소문과 음해에 시달려야 했다. 그 일로 너무 앞서서 달려온 생각과 생활들을 반성했다. 그 후 회사를 퇴직하고 평범한 이웃들과 함께 어울리고 투병하면서 생활해 낸 이야기들을 천천히 소설로 썼다.

21년, 한 아이가 태어나서 성인으로 컸을 시간이다. 21세기의 밀레니엄 베이비들이 벌써 어른이 된 거다. 그동안 나는 겨우 소설집 한 권 쓴 거고. 광장에서 촛불을 들었던 통시적 사건들을 씨줄로 삼고, 집과 동네에서 생활한 미시적 시간들을 날줄로 삼아, 옷감 하나 짜낸 셈이다. 물론 이 책을 읽다 보면 오래전 이야기도 나오고, 불확실한 미래도 보인다. 하지만 현재의 생활을 떠나지는 않았다. 지상의 생활에 단단히 발을 내리는 것만큼 중요한 일은 드무니까. 내 몸이라는 장독에 쟁인 세상이 허섭스레기로 가득 찬 것은 아니기를 바란다. 혹시 그렇더라도 잘 발효시켜서 사람에게 이로운 정신적 먹거리가 되기를 염원한다.

인류의 멸종까지 걱정될 만큼 심각한 환경 오염과 팬데믹에 시달리는 요즘, 소설을 쓰는 일이 무슨 의미가 있는지 수없이 자문하게 된다. 다만 이런 생각으로 스스로를 다잡는다. 한 평범한 여성이 불리한 조건들을 꾸준히 극복해 내며 열심히 살아온 이야기는 누군가에게 힘이 되어 줄지도 모른다고. 부디 『안젤라』의 삶을 관찰하는 독서가 우울한 시대를 힘차게 헤쳐 나갈 동력이 되어 주기를 간절히 바란다. 특히 젊은 세대들이 절망적인 현재와 미래에 지레 주눅 들지 말고 낙관적으로 살아 나갈 근거가 되기를 기대한다.

비슷한 시간대를 살아온 동시대인들, 특히 친구들과 선후배들에게 감사한다. 인생이란 학교에서 가르침을 받은 스승들에게도, 부모님과 가족들에게도 감사를 보낸다. 어려운 시대에 쉽지 않은 책을 출판해 준 열린책들에도 깊이 감사드린다. 특히 편집 작업을 맡아 준 최고라 편집자에게 고맙다.

나는 아직도 소설이란 삶에 대한 통찰과 시대에 대한 증언이라고 믿는다. 여전히 지혜가 덜 깨서 애증의 굴레에 얽힌 점이 많지만, 어떤 원한도 평화의 에너지로 바꾸어 나갈 자세가 되어 있다. 혹시 천국에 가게 되면 천사들에게 들려줄 이야기가 너무 많아지는 거 아닌가 걱정하고 있다. 잔소리쟁이는 싫으니까. 재밌고 배울 게 많은 지혜로운 이야기꾼으로 만나고 싶다.

추천의 글

다른 곳에서 마주쳤더라면 무심코 선생님이나 할머니라 했을 텐데,『안젤라』를 다 읽고 나니 이렇게 부르고 싶다. 선배님! 1세대 페미니스트로 지난 세기를 건너와 우리와 함께 이 시대를 걷고 있는 안젤라. 이 다정하고 씩씩한 사람과 나도 친해 보고 싶다.

삶의 옹이마다 고단한 사연으로 자리한 역사는 그의 생애 하나의 순정이던 문학으로 되살아났고, 풍파에 시달렸으되 꺾이지 않은 이야기는 더욱 알 굵고 생생한 열매가 되었다. 가진 것이 적어도 늘 넉넉하게 베푸는 안젤라가 가만히 풀어놓는 이야기보따리를 구경하다 보면, 후대로서 알게 모르게 그의 덕을 보아 온 우리 세대가 그에게 들려주어야 할 응답은 무엇인가를 고민하게 될 것이다.

박서련(소설가)

추천의 글

윤리적·정치적·미학적 글쓰기는 일상이 곧 역사라는 사실을 증명하는 일이다. 그래야 〈역사의 주인공〉이 나대는 당대와 같은 불행한 세상이 사라진다. 나는 이러한 작업이 예술이고 문학이라고 생각한다. 역사는 우리들, 개인 각자의 몸에 있다.

여기, 지난 시기 지구의 작은 공간, 매 순간 격렬했던 한반도에서 페미니스트 첫 세대로서 다른 형식의 예술을 쟁취한 여성이 있다. 『안젤라』와 안이희옥 자체가 새로운 역사이다. 이 땅의 여성들이 같이 읽고 생각을 나누기를, 그 평화의 시간이 만들어지기를 간절히 바란다.

정희진(여성학자)

지은이 안이희옥 한국 전쟁이 휴전된 이듬해인 1954년, 경남 의령에서 태어났다. 유신 헌법이 선포된 1972년, 고려대학교 국문학과에 입학했다. 유신 반대 시위에 참여하다가 1979년, 긴급 조치 9호 위반으로 구금되었다. 이때의 후유증으로 40년이 넘도록 정신과 치료를 받고 있다. 한성여중 국어 교사, 민음사 편집장, 평민사 편집장, 동광출판사 편집장, 또하나의문화 편집장으로 활동했다. 제 앞가림도 못 하면서 수시로 끓어오르는 정의감에 잠을 설치는 성격으로 시위에 머릿수 채워 주는 조역으로 빠짐없이 참석했다. 최근에는 할머니들을 대상으로 한글 문해 교육을 하고 소설을 쓰며 지낸다. 독신 여성에 대한 사회적 압박을 그린 장편소설 『여자의 첫 생일』과 가부장제 사회에 만연한 성폭력 문제를 제기한 장편소설 『버지니아 울프가 결혼하지 않았다면』을 펴냈다.

안젤라

발행일 2021년 11월 30일 초판 1쇄

지은이 안이희옥
발행인 홍예빈·홍유진
발행처 주식회사 열린책들

경기도 파주시 문발로 253 파주출판도시
전화 031-955-4000 팩스 031-955-4004
www.openbooks.co.kr

ISBN 978-89-329-2140-2 03810

이 책은 경기도 경기문화재단의 지원으로 발간되었습니다. | KOSCAP 승인필